# 我能做的，是为你泡杯茶

桃二一 作品

北京时代华文书局

# 自序

## 继续在这世界里，做一个即兴又深情的人

虽然没有出书的执念，也一直喜欢记录，更多的是当下的、即兴的记录，现在我明白了为什么常常聊着天突然就捧着手机开始打字，在一个又一个碎片之中，说起来是留着以后当素材，实际上是记性不好，怕一转身就忘了。写的多了，回头看看，发觉很多细微的情绪与事件记录，如今看来依然有所触动。随着年岁渐长，对那些具体而微的东西越发有深切的体悟，我在里面看见了人与物之间相通的东西，感知到生命中那些不可多得的、稍纵即逝的、平凡的、即兴的美。

出生在茶园，但直到三十二岁我的眼里才真正看见茶。一个从不相信茶是可以做出什么大事来的人，却当起了茶铺掌柜，回望这些路，心里也会升起很多感慨。

做茶写字包礼物，七个字，我这三年的生活。而茶，是一个引领者，是我开始走上自我成长道路的一扇门。庆幸看见了茶，看见了自己内心的某个渴望，也庆幸一直忠于内心，慢慢接近自己喜欢的样子。

这是一本记录我所经验与体悟的书，既是我与茶、与生活的对

话，更是与自己的对话。在这本书里，有一杯茶如何穿越山川溪流来到我们面前，一个传统家庭如何在日常之中呈现生动的人情味，也有一份礼物背后平凡又真切的故事，以及一个掌柜如何通过茶与礼物完成自我觉察与成长。书里的文字前后跨越三四年，整理的时候好像又把时光倒流了一回，我能从中看出不同时期写字的状态，这样也很好，我希望展现诚实的、未经洗涤的自己。

这也是一本贯通了我所理解的更广义的关于美的书。书的最后一个部分，你会看到山居生活的沉思与启示，这些文字都是旅行中、在山林里完成的。现实生活并不总是美好，旅行是把我从琐碎日常中拔出来的解药，也是必要的抽离自身、觉察自我的良机。这样的旅程，绝不是将我的生活拔高到多美好的境地，它最现实的意义，是让我回到原来的生活也能将这样平和的情绪贯穿于日常，而非对现实处境多有怨叹。对我来说，旅行能发现更多平日被忽略的美，也能逼迫出平日里不可能有的沉思，这样的美与沉思是对自身的观照，它让我始终保持一颗质朴而敏感的心——可我也很想知道，一生里的敏感到底有没有尽头？问这样的问题时，自己也觉得可笑，不管怎样，我想继续在这世界里，做一个即兴又深情的人。

人活着，需要找到一种与世界相处的方式，在出世入世之间保有相对的自由，才不至于被大流裹挟。写字，就是我的方式。它并不是让我成为更好的我，而是让我真正接纳我自己，忠于自己内心真正的故乡，它依然会有冲突，但我看见一个年轻、执拗、孤单的女孩，带着依然敏感的心，慢慢生长为一个坚定、柔软，并能包容这种冲突的女人。

写这篇自序的时候正是夏日凌晨四点，有一种开阔悠远的沉静，忽然听到一声鸟鸣，随后是两只，三只，更多，夜的空寂一下填进了细碎又雀跃的鸟叫声，很惊喜。但在那一刻，又觉得很孤独。这种孤独，更像是与世界保持某种距离的方式。它是我心底的一面湖水，可以坦坦荡荡、自由流动，它的丰盛承载我的全部。我珍惜这样的孤独，它是一切即兴的发生，是浓到看不见的深情。

愿我们都能在这世界里，深情地活着。

桃二

目录
CONTENTS

第二部分

# 日常之美 ◎ 即兴的掌柜

# 第二部分

# 手作之美

# 一碗见人情

第四部分

# 沉思之美——闪耀在内心

第一部分

# 茶事之美

# 我家有座山

# 把茶交给时间

有时候我也感慨，一口真正让人放心的好茶，是要多大的缘分才能遇到。我们能做的，是把这样的信任交给时间与茶，才不负这一份等待。

谷雨过后，茶事收一收。该翻土的翻土，该修剪的修剪。从晨光微露到暮色苍茫，这一番忙碌的景象，要待明年再会了。作为茶农，与茶人有些不同，需要在茶当季时全身心扑在其中，既是一年一会，也是对好生活的盼望。也只有这件事落定了，日历从春天快翻到了立夏，我们一家人才有真正的闲心，坐下来好好泡一杯茶。

我们一家子在喝茶这件事中各有所爱。早春时节父亲最爱喝的是明前龙井的茶末子。说是茶末子，其实都是细嫩的芽尖尖，因为对干茶包装时芽叶完整度及净度有要求，需要手工过筛提末，攒了

半个茶季，就有了满满一罐，够喝一个月。母亲一直爱喝清明谷雨交界的茶，她喜欢耐泡的茶，又不喜谷雨晚期茶那样浓，适合她半天一大瓶的喝法，或者会泡一杯谷雨白茶，“说不出来的一种淡淡的花香”。我呢，要说更喜欢，那该是这杯独一无二的老树茶了。

老茶树采摘炒制的茶才叫老树茶，这老茶树杭州人叫“老茶蓬”，“群体种”，我们也叫“土茶蓬”，一蓬蓬，圆墩墩的，野放生长，如果不是每年都要去修剪，估计能大得像床——如果你见过八十年代我们村里的集体茶园，就知道那真的是可以躺上去睡觉的茶床。

我家的这一片老茶树园，在山顶最高处，几棵茶树下。爷爷做了大半辈子的茶，他最疼爱小儿子，于是把他最爱的这片茶山留给了我的父亲。老茶树上的芽叶变化其实是多样的，山上和山下的，哪怕相邻的两株茶树看起来品种相似，采下的芽叶也有大不同。老茶树开花结籽，籽落生根，如此反复繁衍而来，它经历了百年山风岁月，不惧风雨，扎根深茂，一棵老茶树想要移植，等于是要了它的命。也因为它树龄老，根系生，生长缓慢，又鲜少管理，发芽也就慢许多了。又因在山顶最高处，茶中的氨基酸及芳香物质得到了很好的积累，茶的口感每一年也会有所不同，但总是令我惊艳，只是它的产量实在是不敢恭维。

与红茶不同，绿茶完全不经发酵的炒青制法，非常直观地呈现茶树的内质，尤其考验茶树本身。老茶树每年都在清明前后几天才发芽，采摘炒制后的色泽比龙井要更偏黄一些，有时也会偏绿一些，叶形相对要瘦，口感明显要醇厚，香气沉稳有穿透力，虽然不如龙井43来的香气高扬清脆，但有它独特的厚润与饱满，是入口入喉之后，唇齿被淡淡笼罩一层甘美。这种甘美，它有一点厚度，甚至带有一点性情，又不世故。这大概是老茶树的独有魅力，百年来它已拥有完整的生命系统，才有了这洗净铅华后的悠长滋味。都说茶的口感是无法通过文字来传递的，我认同，但我改不掉这个毛病，我讲的喝茶时的这些感受，从心而发，不做修饰，属于脱口而出的忠实记录。尤其是老树茶，对我来说是特别的。这个特别是基于我家茶园种植的龙井、白茶、老树茶三个茶种而言。也正是为什么同一款老树茶，有人喝出了难得，有人喝到了童年，而有人只叹是寻常。所以我常说，喝茶的经验有时也是一种阻碍。

都说第一杯明前龙井是春天最珍贵的滋味，我们能从倒立的茶芽和宝光色的澄澈茶汤中看见春天的模样。而谷雨龙井是多少老茶客戒不掉的茶瘾，老话说“爱茶如命烹谷雨”，喝过了谷雨龙井，才算解了茶瘾。而这老茶树呢，是百年风雨大家族的后代，骨子里有通达圆融的一面，也有世故的一面，也因其历经风雨，又是任性而顽皮的，这种顽皮是少见的真。

老茶树啊，好是好，却总是迟来。今年清明前两天才发芽，急得老朋友们纷纷给我留口信，去年喝过的老茶树真好喝，今年什么时候采啊，一定要帮我留，不然肯定没我的份。等他收到了茶，又认认真真泡茶，给我发来好些照片，还附上留言：难得这么好的茶，这么好的茶人，自然天成，妙手偶得，精致的茶，精致的包裹，精致的生活。还有一位外地的茶友，收到茶后特意来找我，说她特别高兴，要来感谢我，她的茶课老师夸了这个老树茶，干净，现在干净的茶很难找，认这样的人买茶，就错不了。

有时候我也感慨，一口真正让人放心的好茶，是要多大的缘分才能遇到。我们能做的，是把这样的信任交给时间与茶，才不负这一份等待。

# 双手劳作，安静生活

去往茶园的这条路成了沉淀心灵的旅程，它看起来平凡无奇，是全然开放的，没有任何限制，对我来说它又是隐秘的，是属于我的桃源。

从前不觉得有座山是什么了不得的事。在我们村子里，几乎家家都有砍不完的柴，种不完的地，采不完的茶。从前起早贪黑只要能干完活才算少了一桩心事，要是有一块地空着，种豆子种番薯种土豆，只要别撩荒都行——从前，这是很没面子的事。

后来，田地大部分都被征用，我的父母辛苦十几年料理的几十亩茶园，也被当作普通农作物稍作补偿就征用了。很多本来耕地就少的人，连种点小菜的地都没了。幸运的是，我家还保留了一些茶地，我的爷爷留下来的高山茶园，至今也还在。

如今，每到茶时，父母忙得连睡觉的时间都没有，母亲说，要是人能不睡觉，真想晚上都能摘茶叶。这话丝毫不夸张，真正的茶农都懂得这种辛苦。那是和时间赛跑，今天不把冒出来的芽头摘下，会有更多的芽头长大，要么浪费了它，要么摘下它——你知道的，茶人是看不得芽头留在茶树上的。

而只要我在家，就喜欢往茶园里跑。周遭空无一人，听着几十年不变的小沟沟里发出的水声，只有在春天的雨后才有这样润湿叮咚的声音。过年时干枯的小池塘此刻已春水满涨，连池边的水草也长疯了一般，风吹过时像青色的麦浪。很多不知名的苔藓、小蘑菇和野果子们，都在这季节里冒了出来。

晴天里茶园俊俏无比，可雨后，茶园更有一种说不出的隐秘之美，很是迷人。被雨水打湿了的茶园，反射着微微的天光，每一片茶树叶上的水珠，都是一个微缩世界。摘下那片叶子，闻一闻叶蒂里茶浆的味道，这，就是真正的活在当下。

每年三四月，是我恨不能分身的时候。除了日常工作，我爱带着朋友们在茶园里采茶唱歌加吹牛，也就意味着这个时间我哪儿都去不了，城里也难得一进。而近年来，朋友们早就习惯了我在春天几乎无法出行的状况，也都会主动说，春天不找你啊，你好好帮家里做茶，忙完茶季我们再来茶园找你喝茶，还要和老爸喝酒。

这是杭州最绚烂的季节，满城花事，人们也纷至沓来。我已有多年未曾在这样的时候远行，也没来得及在春色恰好的茶季里去别的地方看一看。以往总会有一些焦虑，有隐隐的不甘和遗憾。

今年有了不同，我关注到已拥有的和将要做的，远比这短暂春日要来得丰盛，并可爱一万倍。我知道，这样的转变正是这几年最沉甸甸的果实了。虽不能远行，劳作的时光却是无比充实的。在乡下，这样的日子最平常，哪怕再累，心里也是高兴的。只要我在茶园里，走路，采茶，拍照片，感受春风拂过脸庞，凝视一只蚂蚁，

或是在山林间摘一朵花——自然仿佛有什么魔力，越是细微的东西越让人沉浸其中，时间在那一刻几乎消失了一样，每次只要走去乡间，去到自然里，都能得到温柔平和的抚慰。

越和自然接近，身心和周遭融为一体，和这里的空气在一个频率里，越发觉得该感谢大地之上还有这些生命的枯荣轮回。那天我听到身后一记清脆的声响，回头去找，竟然是一个松果儿！那一刻完全管不住自己的腿脚，欣喜到就差跺脚了，乐得满地找果。

回来的路上，和邻居谈天，他们都是看着我长大的，我这样整个春天频繁出没茶园的人，他们也都习惯了我拿着相机带着朋友穿着各色好看的衣服进进出出。“之荣家的女儿啊，茶叶做得蛮蛮好哦。”“又来拍照片啦，快去帮你妈摘茶叶！”“对了，今年的蜂蜜什么时候下来，我让我妈来拿哦”……

我并不常在村里住，但记得每一个人。春天的时候，每天去茶园都要经过这些儿时熟悉的路与邻居的房屋，每次都像是新鲜的相逢。多数时候，这条路成了沉淀心灵的旅程，它看起来平凡无奇，是全然开放的，没有任何限制，对我来说它又是隐秘的，是属于我的桃源。这一次，在这条小小的茶路上，我有了一个愿望，想用这一个个亲手捡来的松果，和今年的第一杯明前龙井，一起捎到你的城市。

# 老茶骨的茶味不败

那一刻，他双手捧起茶，将整张脸凑近，深深闻一记茶香，脸上的皱纹都在笑。

我的父亲和茶叶打了大半辈子交道，从他十六岁初中毕业起，就和我的爷爷学炒茶。几十年前，我的爷爷便秉承着祖辈流传的手艺精神制作出远近闻名的旗枪茶，他毕生都在累积经验，提升技艺。如今，我的父亲经过半辈子的磨砺与传承，让一门祖上的活计成为今天的手艺，已是拥有四十四年制茶经验的老茶人了。而我的母亲，温良勤劳，和父亲一起料理茶园近三十七个年头。

自我有记忆开始，生活里就离不开茶。我的父母凭着双手和锄头，硬是把半座山开成了茶垄地，从茶苗选种培育再到茶园种植，日出而作日落而息，四季之劳无以言说。父母用最素朴的乡间生

活，做出一年又一年最真味的茶。

春风一夜长灵芽啊，明前茶时，只要温度一上来，茶叶长得极快，一个采茶好手一天至多也只能采下六七斤茶青。若是请不到采茶工，满山的茶芽就只能荒废了它。一年辛勤劳作，茶人盼的就是春茶这十几天的工夫，根本看不得芽头留在茶树上。每年父母都会提前约好采茶工，如此才能过个踏实的年。

茶时一到，早晨6点多母亲便会领着八九个采茶工上山采茶，直至午后才归。摘下茶叶的瞬间，茶浆汁液触到双手，久而久之手指便会发黑开裂。春茶落市后，母亲的手指因长期弯曲采茶以致常常需要很长时间才能恢复指关节活动。通常春茶之季，这样忙碌的光景短则十数天，长则二十天有余。在这段日子里，母亲是最累的，她已年近六十，除了洗衣做饭这些平时的事一件没少，还得带头采茶，极为辛苦，但我知道，在内心里，她是充满着盼望与喜悦的，哪怕年景不好，也比什么都没有要好，这是母亲的乐观主义精神。

采茶讲究手势，拇指与食指轻轻捏住茶梗处迅速提摘，不能用掐，不然茶梗的断裂处就有伤痕，炒制后会出现黑的断面。鲜叶采摘极为重要，每年头糙货（新茶第一次抽芽）最底下包裹芽头的奶片（也称鱼叶）要留在茶树上，只取初展一芽两叶，否则会有“冬味”，而很多茶农已经不屑于注意这些细节了。只有采摘到位，炒出来的茶才会条索匀称。

刚摘下的茶青下山时壮实饱满，茶浆气息清香之极。我家几十年来的规矩，每个采茶工都要过秤记下采摘日期（细至记录上午或下午）、天气、采摘山头以及茶青重量，再将同一片茶园采下的茶青摊晾在同一个竹席（团匾）上，便于后续标注茶的出处。等到鲜叶自然萎凋渐渐柔软，散发出花香，这时是杀青炒制的最佳时机。看茶做茶，摊青通常需要五六个钟头，若遇到阴雨天，摊晾时间会持续到次日凌晨。需要随时观察，保持耐心，这个等待的辰光马虎不得。父亲只有等到那时，再重新泡上一杯浓茶，揉一揉熬红的双

眼，坐到锅前。

我最爱看父亲炒茶。做好茶，杀青是基础。铁锅锃光发亮，每次约二两半茶青入锅，父亲一手上下翻炒，听茶青在锅中哔啵作响，热气上扬，这股子老底子里的茶香就被火逼出，满院子里飘着只有这个季节才有的熟悉的味道。

“锅温在190-200度左右，手掌把茶叶包住，香味就逼出来了，这个味道最真。”

约摸五六分钟后，茶青水汽走掉差不多大半，锅温在200度以上，此时手心带着茶青直接在锅内一压一推并轻抛，再散落回锅，茶青犹如天女散花纷纷落回锅里。看似简单的几个动作，却是做出好茶的基础——使得茶青充分抖散，不至粘连，使得条索匀整挺直且扁平，颜色绿中带黄。

“杀青这道工序，就是力道的控制。手势轻重都要根据茶青的软硬度随时调整。今年头糙货芽头肥壮，得用十二分力，又不能压得太实哩，不能起焦，颜色发乌哩。”

整个杀青十五分钟下来，六十岁的父亲是满脸发红，手掌火烫。只见他一手托住竹簸箕，一手将锅里的茶青快速扬起利落入

簸。杀青起锅的茶，在我们的老话里称作“毛干”，因茶叶叶梗较之叶缘水分较多还显柔软，需要放在竹箩里摊凉回潮，才能开始辉锅。辉锅是做茶里最讲究也最拼软实力的一道工序，香味正不正，颜色和茶形好不好看，辉锅是看家功夫。

杀青时父亲还和我不紧不慢说上几句，待辉锅时却是不苟言笑，面色凝重，目光严肃。一边手指沉稳用力按压，掌心后侧微鼓让茶叶进出回转，让每片茶叶都尽可能均匀受力浓缩香气，二十多分钟“茶不离锅，手不离茶”，一气呵成。直至干茶条索呈整齐的碗钉形，手感紧实不松翻，色泽以暗绿带黄的糙米色，才至出锅。那一刻，他双手捧起茶，将整张脸凑近，深深闻一记茶香，脸上的皱纹都在笑。这一天里最放松最满足的，不在呷酒的饭桌上，也不在困顿时的一支烟，独独就在守了一整夜之后的茶香里。

通常次日上午，只睡了三两个钟头，父亲便起身。一边要监督茶青质量，一边会将前夜炒好的茶叶用簸箕簸去黄片杂片，再用竹筛提掉茶碎末，最后称重标注，放入家中几十年的灰缸“收灰”，给新茶去火。

父亲说，炒茶就是和茶叶谈天，你懂它，它也就顺着你来，跟打太极似的。其中最难的就是火候拿捏，再老的制茶师傅也不敢马虎。炒了四十多年，这就是一门掌上功夫，既讲功力也有天分，很难言传。

春
和

# 纯真已难觅，不负真味

父亲说，这“茶”字，便是人在草木中，片片皆辛苦。

要论龙井春茶的外形、色泽、汤色、口感、香气，也许真正的老茶客才懂上下，而茶客们各自口味亦是大不同。喝茶这事，兴许受父亲影响，一向喜欢简单随心，喝茶就是喝茶，心里干净自在，这茶才不负真味。

父亲给每天炒好的茶做标记，哪一天在哪一块地上采的，来历清明，且有据可查。而这“据”，只是一张普通的小纸片上写的采摘地、炒制日期及重量而已，有些也会写上“高山西面”、“特别香”、“个小肉壮”、“稍许奶片”等注脚字样。

这些纸片从来到不了茶客的手里，在茶叶分装完之后，通常也就随之丢弃。以前还有亲戚说大可不必给每天炒好的茶叶做不同的标注，反正都是你炒的，一样卖还省心。

“喏，在这里。”做了四十多年茶人的父亲指着自己的心说道。他希望喝到茶的人，喝得明白干净。足量，不掺陈茶，不掺别家的茶，亦不掺不同人炒制的茶。父亲对茶，已到了十分珍爱和挑剔的地步。

六年前父亲把茶卖给一个做茶叶批发的老主顾（我喊他周伯伯），他说老李你这茶叶850我收了，都拿来。老爸说我这茶起码900，少一分我都不卖。

同去的侄子说小伯今天市场里批发价也就780样子哩。父亲固执地拿着茶回家，继续炒他的茶。很少人会把好茶留着，春茶一天一个价，生怕卖不了几个钱。那几斤好茶后来遇上了懂它识它的有缘人，父亲一高兴还送那人一斤自己喝的雨前茶。而那位买走茶的人，后来成了父亲的忠实顾客，如今已是常客，进门就问大哥咸肉蒸了没啊，我来吃饭了。

写这篇文章的前几天，我收到了一位远方茶友的短信，他说，他的父亲喝了几十年的茶，收到今年的春茶后，认真地摆了茶台，仔细冲泡了一杯。并请他转达对我父亲的感谢：这是我们这个年纪的味道，真，不浮躁。真正妙缘。

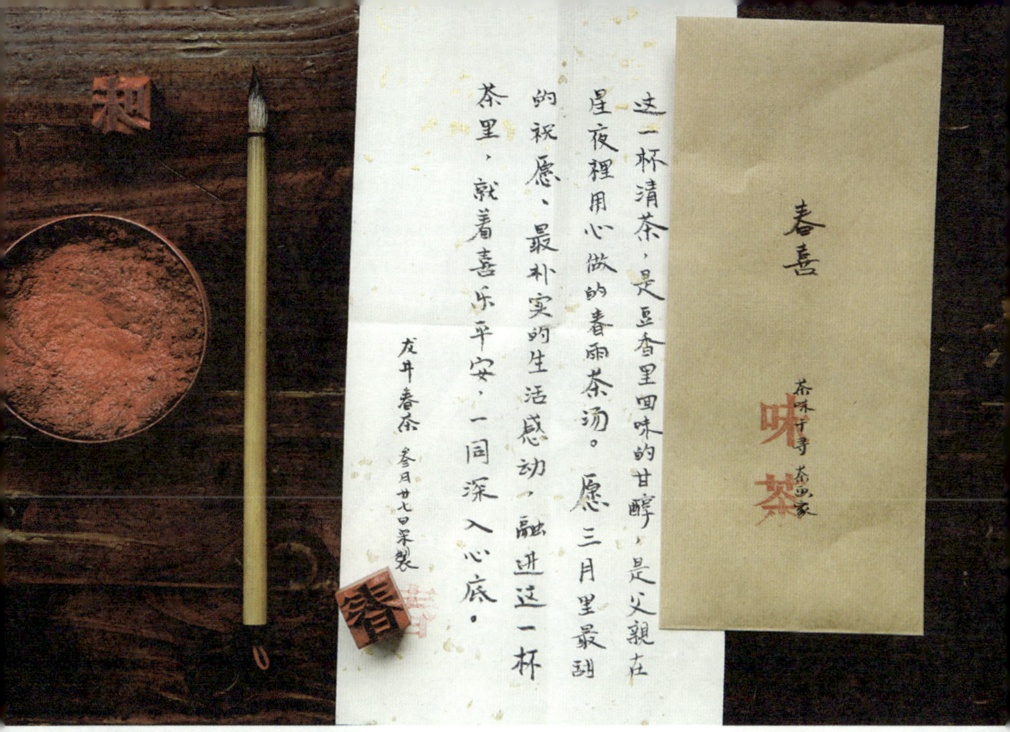


有一天我问父亲，现在村里还在炒茶的多半是五六十岁的老人了，以后这门制茶手艺怎么传下去呢？父亲沉默了一会儿，缓缓说道：难呐。愿意继承的年轻人已经越来越少，只有真正铁了心要学而且他还得有耐性学，才有可能学得到其中的功夫。至于怎样做出好茶，每个人手法不同，各有套路，没有标准，但炒茶既然是门技艺，规矩总归是有的，心底要扎实，不能浮躁，也急不得，这些老底子的东西不能丢。

在我内心里，父亲已是一位道地老茶人了。他守住了这份技艺，他以自己的技术为骄傲，不作妥协，而他所倾注的这门手艺也因时光愈加显得珍贵。我的内心里是尊重传统的，并对散落民间的存有生命的技艺心生敬仰，又渴望在传统之上有一些能流动起来的东西。

若不是亲历茶事，恐怕很难体会茶中情味。父亲说，这“茶”字，便是人在草木中，片片皆辛苦。也正因此，我萌发了把父亲的茶做成不同的手工茶礼的想法，茶礼取材皆来自乡间各种风土之物，再以手书、绘画、自然摄影等更贴近现代生活方式的添加，心底里希望能以它最合宜的方式融入到日常生活里面，与更多的人分享这份有温度的茶，也意欲通过这样的方式，让人们重新认识传统的价值。也许有一天，这些技艺会逐渐消亡，而我，亦能在心里稍作安慰，至少，我曾为这份技艺尽了绵力。

# 茶里是手艺，茶外是做人

我接过了父亲的背包，这个背包里，装的不仅仅是茶，还有爱与承诺：得惜物，得惜人。

前些日子有人问我，为什么明前龙井那么珍贵。我想他的意思可能是为什么这么贵吧。贵这个问题我还从未认真想过。我家三代种茶敬茶，茶已成为生活的一部分。这茶啊，它在我家几代人眼里就是最最珍贵的宝贝，这种珍贵，已算的上郑重，却因为长年相伴而变成了一份子，它卖高了或低了，都不改变我们心里这份郑重。

少时每年茶季，天还没亮，父亲把连夜炒好的茶用布袋装好，几个茶包一起再放进茶包用很厚实的老帆布做成的茶袋，口子用布绳一扎，扛上肩，就背着出门了。依稀记得每天在固定时候，吱呀一声门轻轻开了，自行车出门滴灵滴灵，慢慢远去。后来父亲买了摩托车，早晨发动时要踩几下油门，轰轰轰，大茶包绑在后座，稳稳当当，父亲会用右手再往后伸去确认一下是否牢靠，倏地就出门了。交通工具一直在变，但父亲的背包在我记忆里是挥之不去的。我没有想过，记忆也会从抽象的变成具体的生活。这的确是我未曾想过的，甚至曾不屑于想的事。这个变化的部分曾令我自己震撼：我接过了父亲的背包。

现在我能想象那时父亲背着茶包在茶叶市场里和人讨价还价的样子，一家家问，低了，不服气。有些批发老板明明看中了父亲的茶，却故意压价，年轻的父亲会据理力争，你拿我的茶，走遍天下都不会给你丢脸，你拿就拿，这个价不能少，不拿就算！父亲转身背起茶包又去下一家。好好，你过来，你的茶，我都收了，以后你还是拿到我这里来，直接找我就好。这是父亲后来和我说起的，他告诉我，人不能因为别人几句话就动摇对自己的判断，我也是要看人的，这个老板我看着人也还实惠，可以打交道。

对于父亲来说，对自己的判断，即是对茶的判断。功夫在茶里，也在茶外。茶里是手艺，茶外是做人。在他看来，茶就是茶，它来得堂正，做得用心，哪来那么多的故事可讲。父辈没有太多言语，他们习惯了隐忍与克制，仅是那专注有力的眼神，就是全部的承诺。父亲做茶到后半夜时，总会泡上一杯浓茶，揉一揉熬红的眼睛，继续坐在茶锅前。对他来说，这是一件必然要去完成的事，这

是一个家庭的生活来源，是妻子的企盼，孩子们的希望，也是一个男人的责任。这种责任从父亲出生起就有了印记，要把每一件事做得条靠体面，不能让人看笑话。在乡下，要是连分内之事都做不好，必然会被嘲笑。谁真正掌握了做茶的要诀，明眼人一看就知道，这茶好，了得，这就是乡邻之间莫大的信服与赞美。

在乡下做茶，会看见一个有趣的画面：茶园里都是熟人拉家常，跑去别家的茶园里看看芽头长得如何，乡邻之间相互学习讨教炒茶，你家茶叶来不及摘我会主动来帮几天，有什么茶没来得及卖的会托熟人卖掉，不够喝的也会找他觉得水平不错的人买一些，茶这个看起来简单的东西，却让整个村子呈现出一种复古又流动的人际关系。我在这样的氛围中长大，记忆里都是茶的气味，和乡邻之间平淡寒暄，尽管内心里是个害羞敏感的孩子，却因为这样的记忆而拥有了在现实社会里还算坦然自在、来去自由的一点本领，也因为这样的生活经验，骨子里天然带着一种对美好关系的向往，对安宁、平静却又闪现生活智慧的状态有着某种渴望。

当我长大，偶尔会看父亲做茶，也会陪他说说话，父亲是我心里敬重的人，那时的我很年轻，十几二十岁，还没明白什么是父亲，什么是父爱，不知道该怎样开始或继续一个话题，话总是很少，或总是说些有的没的。也许父亲也不知我们这个年纪的孩子都在想些什么，但又想能有愉快的氛围，就总是和我讲一些似乎我感兴趣的事，最后发现两个人能迅速聊到一起的，还是茶，以及茶和人的关系。父亲说起他年轻气盛时干过的事，怎么跟着爷爷炒茶，兄弟几个怎么分到不同的茶山，不同的茶山种出的茶口味有些什么区别，他倒说的是兴致勃勃，我当故事听，怎么也没记住。

年纪渐长，吃过一些苦头，那些苦头都是再小一些时父母的告诫。我记得父亲说过，20岁时，嫌父母烦，要反抗；30岁时开始理解父母辛苦不容易；40岁时懂得了父母的用心良苦；50岁时发现当年父母说的话都是对的，想要和父母说，却太迟了。现在你才二十多岁，等到像爸爸这样的年纪，你就知道了，啊，原来爸爸当年对我说过的话都是对的。

在生活里经验了越来越多的起伏与变化，有时也不敢与父母袒露心迹，报喜不报忧，大概是我们这一辈人的特点，怕家里担心，

相信自己能搞定一切。这样背着担子一直走，直到走不动，然后一回头，父亲就在后面站着呢。你这些年的不容易，他都看在眼里，他都懂。有什么难事，回到家里来，家人一起商量，总有办法。

我想到有时候自己的任性与孩子气，只想不顾一切去做自己想做的事，全然不顾家人的感受；而另一面，又想承担一些什么，当作女儿的回馈。前不久父亲来看我，我们两两相对喝起了老树茶，父亲说，啊，到底是你泡的茶好喝，又香又甜啊。说实话，这两年做茶我可是很有压力呢。我心里老想着啊，不能给我们女儿丢脸。虽然是一家人，爸爸还是要感谢你这些年帮家里卖茶，这让我和你妈妈省了很多心，妈妈经常和我说，要是没有你，不知道要辛苦成什么样呢。下个礼拜回家来啊，妈妈给你炖一只土鸡补一补，茶时结束了，你也累了。

我一直乐呵呵傻笑着看着眼前这个老男孩，他的脸黝黑，眼睛里满是笑意，真诚朴实，充满了力量，我也看见了眼神里许多的牵挂，还有一点孤独。我忍不住心里有一点心疼。我问父亲，这么多年来你总是这样乐观，天大的事下来都挺着身板，什么都打不垮，可是你真的一点都不累吗？

“不累啊。”父亲想也不想就回答了我。

“那你有没有特别难过的时候呢？”

“特别难过的时候啊……”父亲停顿了几秒钟，叹了口气，说，“哎，那也不能多想，反正日子还是得过啊。”

我拍拍父亲的肩膀，什么也没说。我突然间懂得了“父亲”这个词。在父亲的内心深处，那份深沉的爱仿佛与生俱来，却又无需言语。做一个小小创业者，时常有一种无法完全被分担与理解的孤独，某个瞬间我突然理解了父亲，我从他的眼里也看到过这样的孤独。我知道，此刻我们之间有一种强烈的连接。彼此无条件的信任与支持，以及某种天然的不必说出口的承诺。

我心里敬佩父亲对茶的坦然和热爱。他对茶的爱，是深沉又无形的，不必像我这样长篇大论。我想总得有人记录，再平凡，这也是一位农人一位父亲对一杯茶的全部给予。当我回到土地之上，记录茶园里的故事，做一件看得见摸得着能投入情感的事，通过茶，分享土地的味道，传递人与人之间真诚的温情。我希望这杯茶是一种连接，连接土地、你我，连接任何你想连接的人，而我只是一个邮差。

我所希望的，不论是一杯茶，还是一粒米，能从中看见天地，让它真正成为生活的一部分，让它成为茶，成为米，而不是别的。

是的，我接过了父亲的背包，这个背包里，装的不仅仅是茶，还有爱与承诺：得惜物，得惜人。

# 夏小茶，恰到好处的朋友

一个人之所以可爱，是因为她真诚，这种真诚里面透出来一股鲜活与认真，和她在一起十分放松，彼此都能做自己。

今日夏至，这个节气的茶园真是美疯了。这绿，那绿，各种绿，层层叠叠，每一种绿都得这么叫：茶树绿，玉米绿，李子绿，梨子绿，丝瓜绿，石榴绿，柿子绿，水杉绿，竹叶绿……绿得无法无天啊，只有在这样的季节，在作物茂盛的乡间才有。

一年一会的夏小茶刚刚出炉。今年是夏小茶的第四年。四年前我和父母亲一起尝试制作了龙井夏茶和秋茶，原本我想得简单一些，做节气茶的概念，就在夏至/立秋那一天采摘，要是天气不好，就逢前或逢后，反正自己家的茶园，很灵活，没想到茶出来了好喝得不行啊。头两年在清明、谷雨传统春茶之外，取谷雨、小满、夏

至、立秋等绿茶生长最为繁茂之时，在不同的茶园区域，采摘各自时节之茶，并手工炒制。经过一年的综合比较，从口感、茶香以及茶的生长考虑，从去年开始只保留清明、谷雨、夏至三个节气采摘的约定。

为什么夏小茶的滋味里有股喝不完的甜呢？这正是时间的魅

力。我家的高山茶园，是四季清晨都能迎接金色光束的东南向阳坡。谷雨后，茶树通常进行一番修剪，以利来年春茶生长。经历谷雨、立夏、小满、芒种四个节气，谷雨后的第一道茶芽，历经了梅雨季的雨水冲刷和初夏的日照，这芽头就显得十分柔韧，茶浆饱满，色泽青翠，细闻有一股甜香——就像夏日里经过果园时，那一股淡淡的花果香。

明前茶是寒冬之后的第一道嫩芽，以压扁磨光等手法炒制，外形扁平光滑。而夏至前后采作的夏小茶，采用了旧时的手工烘青，不再进行传统复杂的龙井炒制方式。这样炒制出来的茶，色泽碧绿如夏天抬头那一抹绿梧桐，茶形蓬松微卷，茶毫显立，冲泡后自然舒展，那滋味，就是你在夏日早晨的茶园里闻到的空气的味道，毫不修饰，有山野里的芬芳，真正展现了茶叶的原味。

夏小茶本身的滋味很丰富，口感上比春茶要多一分粗放的意味，在香气上远比秋茶来的新鲜活泼，其甜度以及芳香物质都恰到好处，有一股夏天才有的清新。它不仅清热解暑，耐泡度远优于明前龙井，看上去是一款老老实实的茶，它却可以尝试冷泡，也是一款可以充分喝出花样的夏季绿茶，从冰滴冷泡、普通冷泡，到热水冲饮，或用山上采来晒干的野菊花制成花茶，而夏季正是很多花茶的季节，和小玫瑰或小茉莉来一次邂逅，可是各有风味。

夏

我从不掩饰对夏小茶的喜爱。喜欢它清清淡淡的存在，喜欢它亲切又可爱。我常在想，一个人之所以可爱，是因为她真诚，这种真诚里面透出来一股鲜活与认真，和她在一起十分放松，彼此都能做自己。一杯茶也同样，不掩饰短处，也不装得高深，足够简单，全部展现给你看，不需要什么技巧来对付它，懂与不懂，够与不够，在它面前都没有分别，这正是它的可爱之处。

想起阿尔贝·加缪的一句话：不要走在我后面，因为我可能不会引路；不要走在我前面，因为我可能不会跟随；请走在我的身边，做我的朋友。

这一杯夏小茶，就是那位恰到好处的朋友。

百花蜜
百花蜜
百花蜜

# 敬生活，敬我们来时的路

是仪式之美，也是生活智慧。只有对天地充满敬畏的人，骨子里对生命充满热爱的人，才能在日复一日间体味其中的美。

我出生于一个大家庭。我的爷爷奶奶先后养育了五儿一女，我的父亲是排行最小的儿子，而我是我们这一辈里最小的女孩。我并没有因此而得到格外的照顾或宠爱，相反，从我记事起，大家庭就有大家庭的规矩和仪式，从上至下几代人都各自持守，什么时节做什么事，各家应对家族作出何等贡献，家族大事由谁来统筹安排等等，整个家族的结构和物质生活、人情世故，都浸润了历代生活沉淀下来的仪式之美，至今都是生活中极富特色的一部分。

要论大家庭的时节大事，非采茶制茶莫属了。茶是祖训家业，儿子们跟着父亲学做茶，就得先学会用“内功”来揉捻茶叶。父子几人一字排开，上半身靠着院墙，双手交叉垫住腰身，以腰作为支撑，双脚像运球一样揉捻裹着茶青的布包，这样的场面，没有人说话，各自眼里是脚下的活。这是四十多年前的事了。如今早已不再这样制茶，但这种传统制茶工夫的仪式感，在每一个环节里都留有浓厚的印记。现在炒茶时父亲仅凭空气中的茶香便可准确判断出火候高低，这得益于他少年时期日复一日的耳濡目染。父亲和其他兄弟一样，从不像我这样谈论对茶对土地有什么深情厚谊，他们这份对茶的珍重已是不问缘由，是理所应当对父辈的传承，是每一个动作里都浸润着对茶的专注和对生活的相信。茶对父辈来说，是郑重其事，又举重若轻；是顺其自然，又心怀期待。这大概也是父亲骨子里对生活的敬意吧。

对我来说，采茶这件事，是生活的一部分。我在这里出生，茶园是陪伴我成长的地方。儿时每年茶季，日头还未出来，我就跟着母亲挎着竹篮出门了。走过了三伯的房子，走过了二姆妈的小花园，走过了三姆妈的碾米站，走过了自家的竹园，走过了躲雨遮荫的大香樟，走过了流水淙淙的小石桥，走过了结满露珠的野果树丛，走过了种满茭白的池塘，走过了一个个早起的身影……而我，也从几岁孩童走过了三十多个年头。如今每次走这条路，心中尽是那些平常人平常事的感动。我若说它不特别，它却是最特别的。我若说它是不同的，它分明是最平常的。我习惯了这种应时而动、应季而食的生活，这日复一日的寻常生活仿佛有仪式一般的美，早已

成为我人生的一部分。

这第二件有着浓厚家族仪式感的事，便是一年四季不同年节的习俗了。自小到大，从春到冬，无论是贫乏的年代，还是富足的日子，几乎每一个节都不会落下，只要到了这一天，就有特定的讲究与吃食，一切按着家族礼仪来过这一天。重大节日里，定要祭拜天地与祖先，各家烧各家的，诚心诚意地做好那一桌菜。在正屋的堂前，八仙桌，红条凳，十六盘菜各不相同，各有寓意，恭恭敬敬倒上八碗酒，摆上八双筷子，点上一对红烛，由一家之主点燃三炷香，按长幼次序轮流祭拜祖先。

我的奶奶还在世的时候喜爱独居，每到过节便会为后辈祈福念经，每家都会请奶奶去烧第一炷香。奶奶是一位敬天爱人、心量很大的传统女性，也是虔诚的佛教徒，她对门前爬过的蚂蚁，窗前结网的蜘蛛，都爱护有加，因为“它们都有来处”。在奶奶的眼里，“生”是一件苦短的事，正因此，要正直宽容的“活”。你看啊，正是这一辈辈的生息流传，有了今天的我们，今天的生活。要对先人有恭敬之心，感恩之心。愿他们庇佑我们的现世生活，赐福我们健康平安。对先人的纪念，也是对血脉的敬与重。如果我们不知从何处来，又如何能找到回家的路，如何能过好这一生呢？

在这些节日礼仪之中，我看到了寻常日子里那些令人动容的

囍

部分。也许会因为忙碌，平日的生活尽量简单化，更谈不上事事讲究了。老话说“家家有本难念的经”，再难的家庭，在同样的节日里，必定以恭敬之心来操持这一天的生活，这几乎成了这个家族的传统。天南海北上天入地，在那一天，依据习俗与规矩，举家团聚，各自安守，每一步怎么做，是切不可马虎的。对每一个细节讲究且毫无功利之心，这样的虔诚与笃定，年复一年，有一种浸润了岁月熟练又谦卑的人情之美。

在农村，婚嫁、贺寿、乔迁算是头等喜事。在我们家族的传统里，办事必然要操办得风风光光且有礼有节，这是对亲朋好友的尊重，更是家族的体面。酒席自然得让客人吃得好吃得舒服，要请最好的厨子来掌勺，煎炸炖炒各色炊具一字排开，光是这热火朝天的炊事班架势已是扑面而来的喜乐。满满当当几十桌摆满院子，年轻的兄弟们负责传菜端菜，嫂嫂们负责洗刷清理，最快乐的就是孩子们了，这样的场面在他们看来简直是一个庆典。所有喜事都由主人亲自写送请帖，提前送到亲朋好友的手里。酒席这一天客人到来之时，必定有至亲前去迎客，逢客便备茶，七分满，双手端给来客。一边是誊抄礼金簿的长者，用小楷写下“某某某，娘舅，礼金壹千圆”，有人会来招呼入座，亲朋们一边喝茶，一边相互笑着谈天，这是生活里热气腾腾的一面。

从我记事起，就看到父亲兄弟几个每隔十年就要重新建造房屋，我家也先后造过三次房子，我见证了两次。在我们家，乔迁称作“上梁”。上梁是建造房屋中最重要的一环，是屋顶最高也最粗壮的一根中梁，横贯房屋。上梁典礼对一个家庭有着举足轻重的意义，对于建造房屋的父亲而言，这绝非只是普通的房屋栋梁，它是连接房屋、天地与人之间的渠梁，意义非同寻常，需择吉日吉时，行祭梁之礼，由匠人将梁抬上屋顶，用硬币将红布固定于梁的正中，在正梁的两头系上五谷与万年青，寓意五谷丰登、万古长青。然后便是最热闹的“抛梁”了，匠人们将裹着硬币的馒头由屋顶向四周抛下，口中要大声说吉利的话：“抛梁抛到东，东方日出满堂红；抛梁抛到西，麒麟送子挂双喜；抛梁抛到南，子孙代代做状元；抛梁抛到北，囤囤白米年年满。”

父辈对待生活从来认真，对他们而言，这绝非可随意舍弃的繁文缛节。父亲曾对我说，这些祖辈留下来的传统，是他们经年的生活智慧。你看着这是形式，其实是眼到心到。有一天我们也许会淡漠这些礼节与形式，但却无法丢掉对生活的期盼。现在的人生活早已大不同，从早忙到晚，没时间讲究也不再这样讲究。我也可以不讲究，但人活着什么都不讲究了，还有什么意思呢，做人的味道就没有了。

这是我所经验的真实的农村生活，它有丢不掉的习俗礼仪，也有明里暗里的排场攀比；有家族之间的你帮我扶，也有隔壁邻里的家长里短；有人昂首认真生活，也有人孤独度日；这里有日出而作日落而息，也有无人照看茅草丛生的土地。这里没有神化了的田园牧歌式的多元化乡村生活，没有壮志未酬也无大情怀，只有更真实、更接地气，也更简单的农村生活和铺陈其间的近乎复古的人情味。

在这样的生活中，能以敬畏之心，对每一天有所企盼，便是真正的勇者。而只有对天地充满敬畏的人，骨子里对生命充满热爱的人，才能在日复一日间体味其中的美。这样的美，会伴随我们一生，并将延续到新的生命里去。

敬生活，敬我们来时的路。

第二部分

# 日常之美 ◎ 即兴的掌柜

# 有没有一件你想做到极致的事

也曾怀有恐惧，却因这样简单的专注和坚持，内心逐渐被真诚填满，真诚地生活，真诚地活，像亲手摘下果实那般从容和喜悦。

我和植物私塾主人新宇一起去服装厂的路上，我突然问新宇，这一生有没有一件你想做到极致的事？他毫不犹豫地说，有。然后问，你呢？我说，我也有。然后我们相视一笑，就像看了一眼彼此心中的秘密一样。那天我们专门花了一天时间，穿越整个杭州城，就为了一个小小的装产品的布袋——于我而言，这并不比产品本身来的次要。

想要把一件事做得漂亮的过程必然是琐碎艰辛的。至今我最遗憾的事，是我在工作一年后就创办广告公司，在没有足够的工作经验和创业资源，甚至根本不考虑现实问题就毛毛糙糙地创业了。

十年前还没有小而美这个词，现在回头看当时的客户是清一色的小而美。其中有个吾木沉香是我服务的第一个项目，老板邓晓华是杭州花艺界神一样的人物，当年我俩在南山路上咖啡馆里聊天，聊着聊着她就蹲在了桌子底下哭了起来。她说有朋友借给她一百万，知道她新租了花艺仓库，租金高昂，她又是一个在花艺上追求极致的人，心里压力特别大。她和我说："桃桃，我想做一个被自己喜欢的人，只做自己喜欢的事，我开这个花店就是因为我喜欢花，我只要我自己喜欢。"

那年我二十五岁，每月房租加工资，四个人的小公司已经觉得压力山大，何况她这个做了十年的公司呢。

事实证明，毫无经验和背景又缺乏创业导师的小公司，除了要坦诚接受自己诸多不擅长，压根儿不知道客户在哪儿，还得操心钱的事，有没有单子都得发工资付房租，后来我们从住宅楼搬到写字楼依然为钱发愁，现在都不敢回想那段日子的焦虑和煎熬。后来广告公司卖了，做了几年摄影公司也因资金问题转了——准确地说当我意识到再为钱焦虑我非疯不可，再也不想为房租发愁了，只想好好做人。

也许是和广告的缘分未尽，我又去到某知名广告公司，重要的是遇到了一个好老板和一帮牛逼的好同事，那种和小伙伴并肩作战的感觉特别爽，每个月拿到可观的薪水，感觉天上掉钱一样。经历过一分钱掰成两半花的漫长日子，不为钱发愁的感觉还挺踏实的，以至于到今天我依然是个存款有5000块就不愁怎么活的人。

我想感谢我的前老板胡一刀。若不是公司交给我来做送客户的定制春茶，也许那一颗埋在心里的小火花依然还是火花而已。我至今还记得，有一次他和我说，做你喜欢的事，做你擅长的事。几位要好的朋友也都说过这样的话，对他们而言这也许只是一句鼓励，于我，却是迈出那一步时不可替代的力量。我并不是个习惯当面说谢谢的人，那让我感觉尴尬和刻意，但我记下了这份心意。

之前那几年，也有想过做淘宝店，苦于没有合适的产品，或者说我根本还没想清楚到底要做什么。正因这次定制春茶礼的契机，我的脑海里突然跳出“何不开个淘宝店卖自家茶叶呢”这样的想法。有了这个想法的第一反应是被自己吓一跳——又要创业？真的行吗？怎么做？会不会有人来买？干得不好还能回头吗？相较于这些焦虑，更大的信心没来由地占据我整个身体，并且在很长一段时间里我几乎每天都在为这个想法兴奋不已。

虽然决定有些鲁莽，但我没有那种壮士断腕的豪情，相反，我为我的离职感到些许愧疚。做了这么多年的广告使得我接触到众多知名案例，尤其是无印良品、左岸咖啡、中信百货、黑松汽水、草

山先生、兰乔圣菲等给我的撼动十分巨大——在某种程度上打开了我的经验格局。虽然两次创业归于失败，留下来的作品在今天看来依然出色，配得上“作品”两个字，那些光阴没有辜负，我问心无愧。我特别珍惜这几年的经历，它成为我无形的财富，让我学会如何以多元的跨界的视角思考，如何将你想要的一件事情当成作品来完成。

今日种种，是所有今天以前的经验塑造的。在这之前，我始终在追求一种东西，今天我才敢写下这四个字：追求极致。

追求极致听起来有些理想化，甚至极端。是啊，我无非是在寻

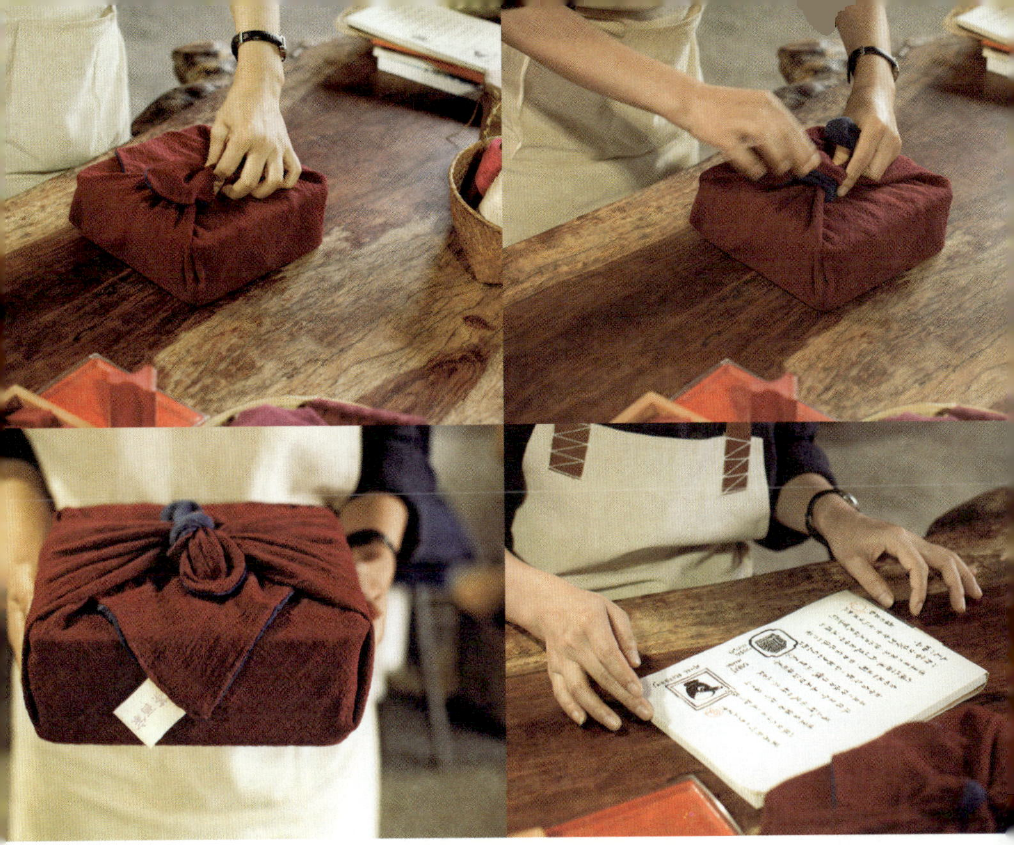

求某种极致能完全投入自己，或者说我在寻求个人在社会中最大限度的自由，而过去的经历成为珍贵的经验。如果再创业，依旧要开一间自己喜欢的店，分享自己喜欢的美好的东西，最好是小小的，既能遇见一群喜欢的人，还能赚钱过更好的生活，人生圆满了——多少人想过，只有少数人去做了。这样的寻求过程本身是理想化的，直到我决定开一间淘宝店。

传统商业中，有了产品如何找到客户是个永恒的命题，而互联网打破了这个规律。作为资深淘宝买家，想也没想就选择开间淘宝店，便捷、高效、易操作、低成本这些都是实体创业后深有感触的。当我花了两天时间装修完整间店铺最后挂上“茶画家”的店招时，一个人楞楞地看了半天，有种莫大的喜悦和踏实。

专注于你喜欢并擅长的事，像经营家一样经营一间网店。布置家的时候，你会考虑别人会不会喜欢吗？显然我绝不。只要你全情投入，另外，还需要一点点属于你自己的特别的东西。

虽然做广告出身，反倒希望能跳脱这个常规经验，以崭新的真诚的情绪来做产品本身。过程固然漫长，慢慢发现它被更多的人喜欢和分享。有很多姑娘在后台留言，说收到礼物就像见到老朋友那般温暖，能感受到礼物的用心和温度。我一直没有申请批量评价功能，看每个人的评价对我来说是件十分郑重的事，每天我都会抽时间亲自回复每一条评论，这是对每个爱它的人最好的回应。

说到回应，特别想说几句心里话。如果不是做这间店铺，我可能和之前三十二年一样，看不见茶时父母的辛劳和焦虑，甚至觉得这是一件十分简单的事情，无非是采摘炒制然后卖给茶叶市场里的老主顾，而春日不过是四季之中最普通的季节罢了，春茶时节呼朋唤友倒像是旅行一般。当我第一次放下城市里的工作，回到乡下，仰头望着高山上金色光束照耀下的茶园，我感受到前所未有的放松和平静。当我开始关注茶，走进茶事，才体会到父母的艰辛和不易，感受到他们每过一个茶时便老去一年。从来都是任性的我，某一天突然发现父母老了，心像被狠狠割了一刀，为这么多年从不分担感到懊丧和愧疚。我什么都做不了，但至少可以做一件事来回应我的心愿。这是促成我做茶画家很重要的原因。

每天和礼物打交道就是我现在的生活。虽然在体量上远远小于操作一个广告项目，但它也是一个独立的品牌系统，拥有独立的产品生命，且不说产品线的规划和梳理，每一款单品都需要定位、命名、文案、摄影，细到纸张、色彩、工艺，甚至顾客可能的味觉体验、心理感受，还涉及到物流运输。网络看得见摸不着，却成就了一大批小而美的品牌，这背后的付出必然是美好可贵的，我常在想，是这个时代成就了这样独特的美，而我们每一个具体参与其中的人塑造了细节，与这个时代互为背书。

“你的生活真是美好啊。”哦不，不，不。我只是在做一件我喜欢的事，具体生活里并不都是美好的，可这又有什么关系呢。想想这些年搬了很多次家，唯有这间小小的店铺一直在，它承载了越来越多我的个人情绪和体验。一间虚拟店铺，却交换一段又一段真性情。也曾怀有恐惧，却因这样简单的专注和坚持，内心逐渐被真诚填满，真诚地生活，真诚地活，像亲手摘下果实那般从容和喜悦。

你要是好汉，就把果子种在果园里，年轻时尝花朵，年老时吃果实。

# 但凡至爱，就会有软肋

当一个人把内心的爱和所做的事融合在一起，这份爱就会在他人面前显化，爱是无形，却可以被分明感知。

那天去野木串门拿马叔新做的血檀小茶台，阿兰说，我没有钱，但是我有很多木头。我接了话茬，我没有钱，可我有很多茶。然后我们就看着对方哈哈笑了起来。多好啊，这样的时候。每个人在此刻都拥有一些什么，并为这份拥有感到自在，毫无负担。不谈什么空无，这就是一种很好的状态。

很多人都问过我同样的问题，为什么从广告公司出来做茶。老实讲，我是这么想的，第一，三年前的事咱们能不能不提。第二，现在来回答这个问题，和当初做出决定的理由，一定有不同。前不久我的前任老板胡一刀请我吃饭，席间问我茶画家做了几年了，我说三年了。他又问这些年你觉得怎么样？虽然有时候真的很难但总的来说还是挺开心的。真羡慕你，一件事可以坚持做三年还依然保持这种状态。我就在一旁嘿嘿嘿笑着。

大概是因为，我在过程里找到了当初上路时不曾预想过的乐趣，这种乐趣是不间断出现，也是这种乐趣让我不断产生新的渴望。“坚持”这个词根本没法用在我身上，因为我从未想要“坚持”，只是依着自己的心性，在任何问题面前，做出自己的选择。难处是显然的，也是必然的。心里有一个大谱，有时音符胡乱跳动一下，又有什么关系。

我们想要周全与趣味，安稳与变化，也想要最小的限制和最大的自由。这本身是一对又一对的矛盾，平衡是一种艺术，在生活里，这从来都很难。如果内心没有至爱，很多时候会模糊边界，很难做抉择，然后陷入反复与痛苦。对我来说，依着心性做出选择，是遵循内心的声音，有时候是更大的声音，有时候反而是那个很低微的声音，心里知道哪个声音“更可靠”，而不是一味追求所谓的自由。我所做的任何选择，包括创作时的决定，包括选茶，实际上它们都在某种限制之内。深刻明白，想要自由，先要懂得放弃。

工作中最大的自由，是只要条件允许，尽可以按照心愿做出想要的成果。没有人可以干预我的创作，这是属于我的洁癖。当这个

东西作为真实可见的实物呈现在面前，不只是成就感，更多的，是一种判断力的练习。这种判断力，是在了解了可能与不可能之后做出的瞬间判断，它几乎快到无法觉察，却又的的确确属于“自由的判断”。这种状态是我在工作中十分享受的，正是这份享受，使我基本上处于平稳而笃定的状态，哪怕时有低谷，对这份直觉始终未曾有过怀疑。

我想，这种天然的直觉里面，是带着深刻的爱的。这样说起来，倒是有点脸皮很厚。我所爱的事物，必定也将呈现在我所创作的事物里。从最初的明前龙井茶，心里带着的是对故乡的爱，那份爱，是浓在心底又无法言说，是过于用力又怕陷于执着，用了很多年来不断磨合这款茶，在明知道不可能的限制之下，做出我想要的样子。这并不是悲观，是对具体事实的认清，但又不囿于现实地去创作，并有所取舍，在我能做好的某个部分做到极致。从寸朴，到小伴，到良友，到暖风，都是我的心路，都有对应的故事与人。

很多人和我说过这样的话，每年不喝一杯你的茶，就觉得春天没有来过。这是对茶最好的褒奖。有时我也会想，如果不是由我传递这杯茶，会不会也有这样的感受发生。如果不会，我也未必觉得骄傲。我很清楚，我本身并不制造出茶的滋味。但我也明白，当一个人把内心的爱和所做的事融合在一起，这份爱就会在他人面前显化，爱是无形，却可以被分明感知。

当我遇见南糯山，便毫不犹豫决定做红茶。一开始，我是铁了心只做父亲的茶，把故乡风物做成包裹，寄去每一个地方。显然，很多路并不是按计划走的。南糯山兼具浑厚与柔软，当时的气息，至今难忘记。气味是很奇怪的东西，它可以穿越时空，仅凭意念就可以被唤醒。是因为我的内心始终有种说不出的爱，而南糯山的气味几乎完全容纳了我当时的疑惑。那个时刻，茶是不问来处，不问去向，它就是切实存在并以其宽容而容纳我，对，就是你，你宽容我，而我臣服于你。这也是我理解的某种限制之中的美感，彼此之间有所较量，互不依靠，却彼此映照。

然后是凤庆野生滇红。我曾以“爱人的亲吻”来形容它。依

然是气味。气味的神奇就在于每个人都因生命经验的不同而存储了不同的气味反射。野生滇红那种新鲜而略带一点清酸的茶香，里头又透出十分明显的花果香，是年轻而热烈的意象，像恋人的吻。对气味的判断，也是某种直觉，它无法被精细地衡量，啪地一下就跳了出来，会想起某次相遇，某个难忘的场景，所有的信息碎片在瞬间有个交点，那个交点就是对当下某个事物的反应。选这款茶的时候，我也明白了一个道理：但凡有至爱，就会有软肋。谁的心里不曾有过幽暗？

很多人留言，喜欢这种轻快又丰富的果香清新的滇红，这的确让我高兴。也有人和我说，因为这款茶的轻盈使人放松，她竟一个人足足哭了一个下午，哭完了好像就放下了包袱，喜欢这份茶带来的“拥抱”的感觉，要重新上路。

再后来，野单丛。好友瓜瓜来杭州小住，带了口粮茶与我分享。那份甘冽与侵略感，又是新的体验。不断遇到好茶，也是不断唤醒直觉的过程。“甘泉”，我脱口而出，“这款茶就叫甘泉。”非常临时又非常郑重的决定。虽然早就知道瓜瓜有这个茶，但在真正喝到茶之前，我是不会做出任何决定的，但我会对这个茶的推荐者或者制作者，做缓慢的观察。这是我的选茶洁癖之一。之所以叫甘泉，一是身体的反应，舌底汩汩鸣泉，满口的甘甜，这种滋味里有几乎可以被看见的“野的风味”才叫难得。二是，因为连着身体的反应，几乎同时地，也分不清先来后到，心里有一种畅快感与抚慰。虽然在夏天喝茶，依然有种风雪夜归路遇见老朋友的感觉，暗喜，珍惜，以及隐隐的不忍。

学习听见这个微弱的声音，不忽略每一种感受，不必恐慌会深陷于各种情绪的梳理而变得脆弱，在这种打开的状态中，慢慢归于真实与平静。我更喜欢这样的方式，好就是好，没有为什么。你若是追问，我也只能沉默。

“你选的茶，都很有性格。”

我选的每一款茶，都有我性格里的某一面，脆弱或力量，柔软或坚硬，深情与绝情，从不回避。

有一天你会知道，人生没有茶不会不同。如果有不同，那还不够爱。

# 我不是手艺人

将艺术生活化，让这些手艺之美真正被看见，被使用，在日常生活里与我们为伴，让我们的生活丰富而有情，这是我想尝试抵达的“人情味”的一部分。

一直以来对掌握一门切实技艺的人充满敬意。用一双手，从泥土开始磨砺出一只精美的茶杯，从最原始的木头雕琢成质朴实用的木器，伴着火光四溅锻打出朴拙的铁瓶，在青山之间编织出令人惊叹的竹器，花几个月的时间将山上的竹子变成柔韧清香的手工纸，花更长的时间，从一团棉花开始织成一块布料绣一件嫁衣……越来越多的手艺人，以自己的方式，呈现新的民艺之美，我能从每一件作品中，看见一份坚守的诚意。

相形之下，我的所谓手作便低级得多，大概就只是停留在双

手打包这样的形式层面。既没有历史传承，也谈不上什么文化。我常反思自己，要谈手作，怎么也算不上，可要放弃了这一个部分，也就失去了乐趣。某个深夜我和平常一样在本子上瞎涂抹，抹着抹着却不经意写下满满两页纸，仔细一看，那些字迹是这样的：陶器、茶之路、印染、花布、木作、时节小吃、手工编织、山里的风物、行将消逝的手艺……啊呀，激动得拍大腿，虽不能至，心向往之啊。我大可不必因未能掌握其中一门手艺而焦虑，能应时节应风物，把这些手艺人的作品与茶做结合，不论吃喝日用，这可真是件美事啊。我是茶画家的设计师，可不是手作匠人，喏，当我认识到这一点，哪里还有什么矛盾和尴尬，瞬间就通了。

怎样让手艺人的匠心之作恰到好处地出现在礼物中就是我的工

作之一。用我的方式，传递它的一切：我是谁，我从哪里来，我要去哪里。并非人类有这样的自问，每一件有生命的作品，都能回答这三个问题。这既是作品和使用者之间的关系，也是作品之所以被接纳的价值，也正因此，它才能让更多的人“有所用亦有所得”。三年前有幸得到了珍藏级元书纸，纸质极其细腻柔韧，百揉不破，抚摩如婴儿肌肤般柔滑，闻起来是一股破开新鲜竹筒之后那层竹衣的清香。我被这张纸打动了，脑中立刻闪现画面：儿时的草药包。

在浙江富阳湖源，元书纸制造已有1900多年历史。如今当年家家造纸的盛况早不可寻，只有上了年纪的几位老人还会这门老手艺，因其操作过程繁杂、历时长久、成品率低且利润单薄，少有人愿意传承。我第一次将元书纸运用在产品之中，缘于一份地地道道的古法红糖。用元书纸仔细包裹后的红糖，敦实可爱，就像儿时提着包老冰糖，去山那边的外婆家走亲戚一样。

儿时草药包也好，老冰糖包也罢，元书纸以它的独特传递了我想要的质朴之美。再后来，我也用元书纸来包裹农家笋干用作茶画家的老顾客礼物，有人收到了告诉我，竹纸包竹笋，是天然的默契，很有爱，也很有心意。也有一位朋友对我说，你可知道，这个小小的可爱的心意，让我重温了儿时的记忆，很感动，我把这张纸收了起来，夹在书里。

听到这样的话，心里有小而结实的温暖。一个小到可以捧在手心的包裹，朴素简单，依然可以做得更“讲究”一些，这是属于我的坚持。包装不只是来衬托产品的，它有使命，让产品通过包装呈现一种气质，一种精神，一种内心的渴望，甚至是一段关系。包装形式可以被突破，材质本身也可以被赋予新的用途，这些都是设计一份礼物的方法。但对我来说，怎样选择最合适的包装材质，和怎样选择一款产品，同样的重要。我希望它们是独立的个体，你是你，我是我，妥帖、自然，有它们本来该有的样子，又彼此映照，相得益彰。

将艺术生活化，让这些手艺之美真正被看见，被使用，在日常生活里与我们为伴，让我们的生活丰富而有情，这是我想尝试抵达的“人情味”的一部分。我不是手艺人，我是美好手艺的分享者与传递者。

一碗好眠
有錢真好
心有甘泉

# 凭文艺范儿能做好一间茶铺吗

做一间坚持审美与趣味的店，对我来说最大的享受，是能以尽可能理想的方式来个人实践理想。

做茶画家的订阅号两个年头，本意就是为了给淘宝店开个号，卖茶挣钱过日子，没想到被情怀给绑架了。卖东西不能好好卖，玩抒情也不能尽情了，总觉得哪里不大对劲。以至于有后台粉丝问，天啊你们竟然有个淘宝店太神奇了！……我到底是卖茶呢还是抒情呢。

解答自己这个疑问之前，先得正式晒晒本掌柜的店铺——茶画家，微不足道五钻店铺，5336笔真实交易。三年时间五颗钻，老友纷纷说我轴。作为一家小茶铺，我们不仅出售茶叶，也出售与茶相关的美物，以及我们所理解的生活美学。因为对茶以及审美的偏执，新品之慢，选择之严苛，有时连自己都无法忍受。

网上卖茶的店铺，如天上的星星数不清。卖茶的店铺里归纳一类，就叫情怀文艺范吧，能列出一大把。这大把中，专业级别的有之，业余的有之，纯兴趣的有之，捣腾进出挣点小钱的有之，一心想搞大的也有之，满茶山跑求个自得的更不在少数。多数店铺风格清新，茶种各有侧重，写作各有所长，尽可能展现了店主的审美与品味，也各自拥有一批相对固定的客群。

茶画家作为充满个人色彩的一家茶铺，在顾客口碑中的关键词为：文艺、包装好看、温暖、质朴、我爱掌柜——弄了半天，基本和茶没关系。对了，这也是我要吐槽的点，一家卖茶的铺子，竟然少有人提茶，直接忽略，进入只谈感受不谈产品的境界，这到底是糟心还是开心呢？

显然，首先我是郁闷的。没人评茶，买家评价数据对后续购买顾客在“专业部分”上就没有了参照。茶画家的经验，是一款产品通常在发货后两周内有一个小高峰，这个高峰值来自买家的评价，也就是所谓的口碑效应。

“喜欢桃二的生活美学，喜欢茶画家的一切。”

“买过你家很多东西，原本想会不会说得比做的好，没想到每一样都比描述还精致，令我不得不佩服，并相信世上真有这样的人在坚持做一件我敢想不敢做的事，支持你，就是支持自己。”

“初夏颠簸的温度里，收到了老客版南糯山，自从遇见就不曾忘记，香味、色泽、口感和舒服的胃感。精致和质朴的巧妙融合，一直是我内心里对传统农业发展所期待的样子，追求的是一种本真的回归和深深的爱。”

“看似简单质朴，透出的是沉静、动人的生活之美。”

……

各种各样的顾客，没有现实的交汇，却给了茶画家一段又一段的真情告白。

这一切是因为我们“文艺范”？

如果非要贴标签，文艺只是茶画家这家店铺呈现的一个面。这种风格保持了我个人的偏好，沉静、质朴、贴近生活。我喜欢一切美的事物，这种美呈现出安静的、流动的、有质感的生命力。同样，我将这种天然的、直接的情感投入进了这间店铺的经营，它很简单，每一张照片，每一个名字，每一句话，都随心记录，真诚而自然地向每一个浏览者开放。在这里，展现的不是商品，而是一间有真实烟火的小店，就在人间，就在身边。

茶画家是具有个人气质的店铺，但更是开放的店铺。这种开放性，是我本性中具有的愿望，也是一直在尝试的事。什么是开放性呢？尊重所有人的感受，并坚持平等与分享。为什么要说平等，是因为在茶的领域，有从未喝过茶的小白，也有喝了几十年的老饕，但在茶画家，这些经验都可以被淡化。老饕的经验可以分享给小白，而小白这种未受系统训练的纯然感知，也会让老饕有所收获——越是熟悉越要带着觉知而非经验本身带来的流畅。因为这种开放性，这里没有高低之分，我们可以学着像一个初学者，喝一杯全新的茶。这种开放性，是卸下经验之门，打开一切可能。

凡事总是说比做容易啊。要做到这种开放性，功夫都在台下。以茶为例，我是这样理解，并这样做的：

我们有一片茶园，从茶山开始到茶叶采摘制作，投入的是家人的辛劳与时光。坚持亲身参与茶的每一个环节，做好茶季每一天茶的记录与观察。这是茶画家的根基，也是讲求务实的我，深以为做好一间茶铺的第一步。这一步看起来是明显的优势，也是牵扯精力较大的部分，在与家人一起管理茶园的过程中会有不同的观点与立场，好在家人在这件事上都很支持我，能让我的小小心愿得以实现。比如我想在夏至日前后采摘节气绿茶，但茶树特别矮，不足半米，茶行间很窄，连小板凳也无法放下，全程需要蹲着或半跪着才能采摘，个中辛苦可想而知。如果没有家人的支持，一起试验制作手法及口感，就不会有茶画家最受欢迎的夏小茶。和大家分享这些

真实的劳作过程，是信任，更是尊重。

以我的审美与趣味，来呈现对茶的理解。这是最让我投入，也最耗费心力的一个部分。审美具有天然性，而这趣味，更像是钢琴家、摄影师Ansel Adams曾说的那一句：我们带到摄影中去的是所有我们读过的书，看过的电影，听过的音乐，爱过的人。我想，茶画家的每一个产品也一样，有着我全部的过去、现在与未来。并且，不过于放大审美，也不仅仅只谈审美。

做一间坚持个人审美与趣味的店，对我来说最大的享受，是能以尽可能理想的方式来实践理想。至今，每一款茶，都有一个独一无二的名字，《良友》《知己》《秘境》《暖风》，专门为茶定制的茶器也有不同的名字，《相逢》《解药》《鸡汤》《心海》。

这些名字并不是随意得来，我说不出来它们如何来到我的面前，但知道就是这个名字了，就是你，这种感觉。并且，这些名字，也会随着时间推移，随着我的某些东西变了，而随之改变。曾经我觉得这是一个不可控的部分，个人主义有很大的随机性，这种随机性的好处自然是会吸引一部分同样欣赏你的人，但更大的坏处是，毕竟太小众，而且不稳定，因为我太随性。可我认定无法套用那些一成不变的模式，任何时候，只展现真诚的一面，哪怕只是在产品的命名、拍摄以及文案的撰写上。跟了几年的老客户早已习惯我们的这种节奏，这种节奏，是旧的延续与新生，它里面有不断生长的东西。

与朋友们分享一杯茶。如果朋友们都不爱喝我选的茶，开一间茶铺真是令人担忧。朋友们相信我的推荐，很大程度上是相信我这个人，当然，做的时间越久，花的精力越多，越是能遇到好茶，这种不期而遇的几率在今年得到了极大的显现与印证。有时候，不妨请朋友来分享他的好茶，口感虽然是私人的，但人类的情感是共通的啊，这一点永不撼动。茶画家的南糯山红茶、野生滇红都来自资深爱茶朋友的推荐，且在分享这杯茶时，我们只谈口感，不谈论专业的部分。开放性在这里被印证，我希望与你分享的这杯茶，它也具有某种共情，能引起某种共鸣。我知道，这需要长期反复地积累，才能有自己的判断。

专业的部分需要专业的人来支持。这一点，从我遇到第一个顾客关于茶的各种提问时便种下了心愿。我希望每一款茶都有专业人士的口感评鉴，以及出生环境的检测，这是一个漫长且复杂的过程。以南糯山红茶为例，有幸请到了地质学家李宁先生为我们做了土壤、温度、湿度、海拔，甚至树龄、根系等多种测定。今年我们拿下了这个山头最好的原料，与往年一样，深受老顾客的欢迎。我想，一款茶的持续热销，除了“人和”，也就是大家都认可你之外，该追溯到源头，这里面有很多的数据，而这恰恰是我理解的“天时与地利”，还是回到了茶本身。世界越来越宽广，资源越来越开放，喝茶的人会越来越专业，做茶的人更该努力精进，才不负所望。

尽情的活。这是我特别想表达的一点。只有尽情投入，我所看见，我所感受，才会真实动人。真诚的情感，真诚的表达，通过网络依然会被感知到，才会有真诚的互动，才会有这间店铺收获这样多真情告白的原因吧。“笔下的世界更沉静，本人却性情又可爱”，几乎所有真正和我有过面对面相处的人都会这样认为。我怎样都不重要，重要的是，是否真诚面对自己。

再来说文艺范。

文艺不是口号。我理解的文艺范，是文学性、艺术性以及它具有的格调。而在茶画家的这间茶铺的经营中，文学性，我把它表述为具有一定指向性的文案写作。艺术性，则解读为每一个作品都以艺术品状态来创作，这是令我着迷的一部分。至于格调，依然关乎审美与趣味，所谓bigger。它们之间不同的比重会呈现同一个产品在不同时间上架时不同的面貌，这是时间借了我的手给出的模样。

哪怕有了这样的解读，有了情怀与壮志，也别忘了专注产品。时下显然谈论产品的人越来越少，大家都在谈模式，在找钱，找人，那么最后谁来做具体的事呢？虽然我心中有宇宙，梦想世界圆融，但茶画家喜欢做这样一间工作室，老老实实做茶，分享我们生活中的美物，和谈得来又彼此欣赏的朋友们一起做有趣的事。

那么，凭文艺范儿能做好一间茶铺吗？我想，什么范儿并不重要，重要的是，你选择成为怎样的人，总有气味相投的人会出现。

九龙山
茶园

# 我所理解的生活味

我曾长久凝视一杯茶或一盏茶器，以及每一个亲手包裹的礼物，它们身上，有我的情绪、价值观与审美，我所经验的路途，甚至我对这个世界的美好愿望。

常常要给产品拍照片，它们看起来是静物，静止不动的物体，随我摆弄，要什么角度都可以，拍几十上百张都毫无倦态。然而，事实并非如此。茶是鲜活的，水是有温度的，空气是流动的，它们之间的相遇具有极大的偶然性。如果没有长久的凝视，我不知道它的偶然也具有某种必然性，更无法观察到它美在何处。我凝视它们，找到那条呈现美的线条，触摸它们，感受手心与它之间的细微摩擦，知道哪一种明暗度更适合展现这种抚摩的质感。

嗯，这就像爱人，我只有触摸你、拥抱与亲吻你，才能真正感受你。你的美，是你与生俱来，而不是我想象或创造的投射。当我凝视你，就是凝视我自己。

已经习惯了观察一杯茶或一盏茶器，以及每一个亲手包裹的礼物，它们身上，有我的情绪、价值观与审美，我所经验的路途，甚至我对这个世界的美好愿望。说强迫症也好，每一份礼物都有我的存在。这个习惯让我保持自知之明，并尽可能以新鲜的目光来看待，而不是习以为常。我以这样的方式来工作，这是我之必然，毫无缘由。

如果你熟悉茶的生长，你会发现茶叶从第一天的头采，到清明，再到谷雨茶，茶叶的样子每一天都在变化。见过了明前头采条索紧实、形如碗钉的模样，再看现在松长外翻的叶张，“啊呀，茶就是怕比啊，现在的样子真是不能看呢”。这样的差距正是时间的手法，不能“埋怨”茶本身。如果我抗拒，觉得这一天的茶长得不好看而在拍摄中故意隐藏这样的呈现，避而不谈，茶就受罪了。它长成什么样是天定，同样两叶一芽的采摘标准，明前雨前的差距有时能超过一厘米。我能做的，就是接纳它，直面它，让它成为镜头里真实的茶，你才能喝到一杯尽可能“如图所述”的茶。不要说什么情怀，照片里有我想要表达的全部，而不在任何故事里，这是一杯茶本来该有的面貌。

年前定了一批湖田窑仿宋青白瓷茶盏，觉得用来喝绿茶很是清雅。它有莲花般的花口线条与温润的质感，宋风古韵，含蓄沉默。很多人喜欢，有人告诉我，她把这只杯子拿在手里从头到尾细细抚过每一个纹理，仿佛穿越了朝代，用它来喝茶，连时光也会变得美好起来。茶画家的朋友们纷纷开始展示如何使用这一套茶盏的：用来喝咖啡，用来盛上一杯梅子酒，也有用来喝粥的，也有只喝水看着就解闷的……多好啊，器尽其美，物尽其用，这才是美物抵心的现实版。

微博上的朋友和我说，你好喜欢你拍的照片啊，有一种安静的氛围，可是又很接地气。我想，她想要表达的，大概是说照片有生活味吧。我这样来理解生活味——人投入生活之中，并活出属于她的滋味。生活味不是一个片段，而是一种气质。它不是仅靠一时一刻营造出来的，是主人经年的阅历与审美在日常生活中的展现。它是真实而鲜活的，流动而常新的，并随着岁月越发具有气韵。

一张照片展现的氛围再美，也无法还原现实的生活。一杯茶，更是如此。备好茶席，亲手打开茶包，取出茶来，等一壶水开，喝一杯属于这个春天的生活茶。也许下一杯，就要等来年春天了。

眼下茶季已近尾声，到了月底茶园就要全部修剪。再下一次相见，就是青翠甜润的夏小茶了。春茶暂歇的今天一件一件细数我的心头好，百年老树茶、白茶、龙井茶……样样都是心头肉。我曾长久地凝视过你，也将温柔目送你。

# 你是否也有长久的愿望在心底

开间小店，售卖好茶良器，也售卖我所理解的生活美学。

朋友卤蛋辞职开了一家果汁店。曾是某知名4A公司创意总监的他，年轻帅气高薪，为什么会突然转身做一个卖果汁的人呢？卤蛋说起八年前他下夜班路上，哼着小曲，经过一辆停在路边的卡车，一道金光闪过，转头一看原来是满满一车金黄色的橘子，像全宇宙的小太阳聚在一起开派对一样。那一个深夜的画面，击中他的心，心底生起一个橘子味的充满生机的愿望，而那个愿望七八年后依然还活在心里。

有时候我们连自己都说不清楚为什么要去做一件事，且奋不顾身。于我也一样。我从未想到我会做茶。在很久以前，在我二十多岁的时候，茶在我的概念里是老派陈旧的，是缺乏生气的，甚至是不屑于谈的——哪怕我是茶农的后代。

我有好些朋友都很爱茶。他们那种爱，从来不是挂在口中的道法。空了就泡茶喝茶，遇到好茶好器，也是随缘分，有则有，不强求。我有一把紫砂壶，是八年前从闺蜜那讨来的，已养得油润。至今依然在我的小茶桌上。严格来说，这该算是我第一件好用的茶器。

说到茶器，“水为茶之母，器为茶之父”这句盛行于茶界的名言最形象不过。母亲像水，是慈爱温柔，所谓“茶滋于水”。父亲像山，是刚毅包容，所谓“水籍于器”。好水良器泡出的茶更有风骨，能更好地显现它自己的性格。对于茶器的选择，若从品茗鉴赏出发，就很有讲究，各大茶类都有其渊源。若从日常生活出发，按自己的审美喜好及饮茶习惯来就好，生活茶讲的是处处是茶道，大可不必过于讲究。就拿龙井茶来讲，茶香细腻，需要细品，选用壁薄易散热、质地致密，且不易吸香的茶器为好，讲究的用白瓷，居家随手可得的就用玻璃杯也能喝出滋味。好的茶器首先是实用，好用，其次才是审美。

审美经验这个东西，从来没有固定的形式。我们小时候用的大茶缸小酒碗模样普通，一日三餐捧着捏着，多少年下来呈现浓重的生活痕迹，如今看来有属于那个时代的审美。当年那些制作的工匠对这门手艺熟稔于心，他的所有经历沉淀下来，他的喜怒哀乐，当然也包括那口窑的喜怒哀乐，这些东西我们看不见，但他手里的那只茶缸那只酒碗作为记录者看见了。这是我理解的审美经验。经验是具有个人生活痕迹的，它和审美分寸的唯一区别是，前者是无意识的，后者是有意识的。

“每一根线条都有它的道理，都有使命。”去年夏天去了两趟景德镇，对老刘的印象大概只有这句话能概括他了。喊他老刘是入乡随俗，分明是眉目俊秀眼神清澈，用“好一位俊俏少年”来形容他也决不过分。多年来他潜心书法，专一精研白瓷，不断精简、提炼、修正器型，这是他追求的审美分寸。我问老刘有什么愿望，他说，认认真真做白瓷，干干净净挣钱，就想把白瓷做好，这件事一辈子都不会变。

卤蛋的愿望是做好喝的果汁、分享果实的故事，老刘的愿望是做兼具实用与审美的茶器。我呢，开一间小店，售卖好茶良器，也售卖我所理解的生活美学。景德镇是我读大学时就想去的地方，这样一个简单的愿望在辗转十多年后才实现，却又不能提前一分一秒，一切顺其自然。如今好茶已经成了茶画家的一种背书，而良器也随着心愿落定了。

你是否也有长久的愿望在心底？

如果你做了什么决定，就去实现它。道路远且长，走着走着就走完了。

# 一些小小的温暖很重要

这种温暖，是用心与光阴做交换。这种温暖，小小的，但很重要。

早就说了要去上海看卤蛋，还要喝幽草的果汁，却总因为忙这忙那没成行。要做一件事的理由只有一个，不做一件事的理由却总是说不完。同为掌柜的卤蛋和幽草，对于几次放话“我来上海看你们啊”之后又杳无音讯的我，从不说什么。“不着急啊，先忙你的嘛，等你嘛。”每次听到他和幽草这样说，就觉得很温暖。

因为多年前某个深夜的一场遇见，卤蛋种了一个愿望在心底。他在上海五原路开了一家果汁店，还问我知不知道哪里有果园，要靠谱的。当时第一反应就推荐我的大学同学，一个幽默又平凡的山村青年。我告诉他，他们家的果园在千岛湖的山村里，特别美，他还有个很拽的名字——方文山。

那年四月的某个夜晚，卤蛋给我发微信：我们在文山家里喝大了。

因为春茶季雷打不动的忙碌，我错过了那晚的星空，还有卤蛋评价此生最好吃的千岛湖家烧。

没有想到，很快卤蛋出了一本小小的杂志《果婆》，和果汁店的名字一样。这是一本以果实为主题的独立杂志，每一期深度讲述一个故事。他说，这是他要坚持做的事，以平凡好奇心，分享果实的故事，这个果实，可以是自然、生活、创作的果实，以及它们背后的故事与智慧。

第一期故事里，卤蛋和他的新加坡朋友Nelson一起走进了千岛湖甘山村，在星空和山湾里，讲了一个关于果园、关于承诺的故事。我与主人公熟识，看这本杂志时，却有了比我们多年老同学老搭档更深的了解。原来每一个家庭、每一个人都不平凡，没有容易的生活。卤蛋是一个善于讲故事的人，准确地说，是因为他心里有一团叫温暖的东西，才能看见这样平凡的家庭里那一份流动的爱与希望。

卤蛋说，果实远比我们想象的美好。它们不止是维他命，不止是几斤几两，不止是一个结果，一件货品。更是时光，是付出，是爱。它们既是果农用时间与光阴交换来的一枚果子，也是作者精雕细琢的一个字。既是设计师用日夜编织的一件作品，也是音乐人谱写下的一个曲子。

卤蛋和幽草是热爱生活且乐于分享的人。做《果婆》小刊还不能盈利，他们依然乐此不疲，也许对于他来说，拥有更多的时间做好一件事，远比在广告公司忙忙碌碌做很多件事来得更有意义。新的一期他们去了梅州，脚底带着山上粘下来的泥土的芬芳，带回一个关于柚子的故事。因为只有八平米大，所幸做了一个“八平展”，小空间里也有慢生活。《果婆》不仅分享四季风味的果汁，也请新老朋友们来参加“甜聊会”，展示不同的“果实”，分享不同的故事。幽草和我说起她的客人们，也说起五原路上各家有故事的店，真是如数家珍，听她讲这些有一种很享受很沉醉的暖意。想着这小小的一家店，总有热气腾腾的故事在发生，就会觉得用心投入做一件事，既需要勇气，也需要彼此的欣赏与坚守，那些欣赏你的人，就像黑夜里的那一盏盏灯光，陪伴你迎接黎明。

我终于在春茶之前去了上海，找到熟悉的五原路124号。本来心里想的进门台词是“老板，来一杯最好喝的果汁！”没想到刚下车，还没走进店铺，幽草就从里面冲出来狠狠把我抱住，“啊啊啊啊，你来了！！！”根本顾不得边上有位帅气的大叔在静静地喝着果汁。

想起来店里还有客人，我们才分开。“这位是赵铭老师，他是一位配音工作者，是我们的老朋友啦，他也做陶瓷，你看，这就是他做的杯子哟！”幽草拿起杯子，开始向我介绍坐在桌边的帅气大叔。

正说着话，诗歌君来了，拖着行李，看上去戴了一顶新帽子，在三月春光里走进了果婆，我和她约好了中午在果婆见面。新朋友听说我在上海，从很远的地方赶来，“我想来见你一面，不过，我也很想尝一尝传说中好喝的果汁啊。”我和幽草说，果婆都成了我在上海的据点了。有朋友的短暂相聚，也有新的人相识，门口椅子上，路人也会坐下来歇歇，一个理想的下午。

麻雀虽小五脏俱全，果篓虽然只有八平米，一张小桌子，几把椅子随处安放，都能找到舒服的位置坐下来。还是那一把有故事的吉他，篮子里放了当季的橘子和梨，架子上有好看的新茶杯，吧台上又多了不少新唱片。“这个看起来很好听，我要买这张小松正史的《星空》。”“一共只有两张哦，另外一张就是刚才的赵老师买走啦。”

“我们是五原路五百强啊，要好好干！你要不要来一杯粉粉火火梨？”卤蛋站在料理台前认真地切着梨，幽草站在卤蛋身边，满眼都是软软的笑意，看着她的爱人。这样的笑容，会让你相信，爱是永恒存在的。

果篓小铺空间不大，但很温暖。这种温暖，是用心与光阴做交换。这种温暖，小小的，但很重要。这不由得让我想起了自己的心愿来：唔，我也是要做这样一家小而温暖的店啊。

# 只有不停去感受，才能不停去创新

对内有所持守，对外有所挚爱，这是属于我的礼物。

在朋友们的眼里，我是一个十足的折腾专业户。十年间换过不同的工作，看起来都是突然之间的转身。广告公司开着开着卖掉了，摄影工作室做得风生水起的也不干了，回到广告公司干得不是好好的怎么就辞职做淘宝店卖茶叶了……

如果不折腾，我就不是我了，并且这种折腾，是从小养成。小时候爱画画，邻居家的白墙无一幸免全被我画满了，画完这家画那家，有人来家里告状，一进门看见我家满墙的画，竟然跟着夸了起来，完全忘了来告状这回事，也就容忍我继续占领他们的墙。我还爱臭美，到了什么地步呢，早上去上学穿一套，中午回家吃饭时换一套，傍晚放学了再换一套，够折腾。这两年我会喊我小姐姐和我

一起做手工，我在她的裁布桌上码了一堆布，拿着剪刀比划来比划去，邻居见了就说裁缝这么苦的事做它干什么哦。我的小姐姐赶紧说，她从小就爱臭美，爱自己做主，一天要换好几套衣服，在大衣柜前试衣服，一件一件拿出来，照着镜子，不喜欢就再换一件，满意了才出门。母亲也跟着说，是呀，小时候为了做书包做蝴蝶结，都是自己拿了布自己剪，剪坏了一块又剪一块，好一块布可惜了啊，捣蛋鬼可没少挨揍！

这个剪布头和一天三次换装的桥段，常被当作好玩的事提起。儿时的很多画面除了停在记忆里的，也都是亲戚们的口述里能依稀有些印象。这几年常常想回去看看小时候的那个自己。调皮，爱自己做主，什么都爱尝试，有什么好的都要分享出去，活在自己的世界里。好像自我出生以来一直是这样，母亲就说我执拗得像个男孩子，邻居们也觉得我“出格”。某个深夜，我试着和儿时的自己说话，试着理解她。“我不是为了要和别人不一样而做这些事，我本来就会这样做的，也丝毫不觉得做这些事有什么与众不同。”这就是她给我的答案。前阵子看到朋友圈一张小女孩的照片，觉得和自己惊人神似，心里一下难过了起来。我看着这个小女孩，就想起了那些丢失的再也找不回来的童年照片，却又仿佛穿过三十多年看见自己小时候的模样，莫名奇妙的，眼泪大颗大颗掉落。我发信息问父亲，这个小女孩像不像小时候的我啊？父亲回复我：怎么啦，是不是想念小时候的自己了？

现在回想那时为什么要报考广告专业，也许是“做广告”这件事在我想象中很高级，和小时候干过的很多有趣的事算是一条路，学起来会容易一些吧？再说“设计师”，听起来多厉害啊。加上多年包揽学校黑板报的经验，让我结结实实体验了如何从无到有把一块黑板装饰成有内容有创意又美观的黑板报，这种长期且频繁的“创作”使我总有一种说不出的高兴，那时候大概就是“我很享受老师和同学们的赞美”、“做这件事让我很投入”、“为了理想中的黑板报愿意重来无数次”。正是这种对创作的渴望与着迷，渐渐让自己找到了表达内心的方式，找到了自我认同的方式。读书的时候，这种自我鼓励会让一个人更自信，也更投入当下。我通过黑板报来表达我内心的画面，用诗歌，用绘画，用色彩，我希望它呈现什么样子，它就慢慢呈现出想要的样子，每一次完成都像是一场执拗的孤单的坚持，却又是无与伦比的享受。

广告人的口号是不怕折腾，精力一直在线，创意永不谢幕，那些精彩，来自于昼与夜的较量。有时也会想，如果说做广告是我走进这个社会的启蒙，它给我的印记已足够深，我无法抛开这部分经验而单独存在；摄影是我当年的一个梦，一次美好的尝试，把能折腾的都狠狠折腾了一遍，尽己所能，并发现能力的边界。于我而言，所有做过的事，都尽情投入，算是得偿所愿，这就足够。原来，我爱的不是折腾，是不断通过尝试在找自己。无论是广告还是摄影，我感受不到真切的那个部分，有一种身在其中却无法全情投入的抽离感，这让我无法安宁，看不见那个真实的自己，总有隐隐的担忧与畏惧。

越来越相信，对待自己的过去，要像旧日的朋友，与它拥抱，并作真正的告别。告别不是割裂，不是断绝，是彼此宽慰与和解，然后全然迎接新的一天。我活过的每一天，都是我的，不贬损过去哪怕是坏的经验，不囿于曾经哪怕是好的经验，这是对自己最大的宽容与尊重。曾花费的光阴都值得，好与坏，都不用评断。转个身，朝前走，看不见路，就停下来。一个在叉路口依然笃定自在懂得看风景的人，才会在该上场的时候全力以赴吧。

我正视这些过往。老实说，离开不是因为厌恶，也绝算不上成功转身，更不喜欢美化或升华过去。离开，只是因为想要尝试新的开始，来一次新的折腾，就这么简单。我要感谢自己的坚持，无论是艰难还是顺境，从没有磨去内心这一块发光的地方，渴望始终都在。我说不清这些东西是什么，它们好像从我出生就被放进来了。兜兜转转，又回到了最初的愿望：自己动手，丰衣足食。我没有远大梦想，不过是要一种切切实实存在着的活着的感觉。这样的心愿，是可以为之付出足够长的时间，五年，十年，甚至更久，内心笃定地朝一个方向走去，通往那件让自己安定的小事，生命不息折腾不止。

曾有人问我最喜欢自己什么，嗯，恰好我是一个优点和缺点都不明显的人呢。我喜欢自己骨子里那些小而执拗的东西,并且相信，如果不是这些小东西一直存在心底，我是无法走过这一条条暗河的。我会一直与它们同在，对内有所持守，对外有所挚爱，这是属于我的礼物。

# 我能做的，是为你泡杯茶

外面是春林初盛，眼前是炉烟袅袅，茶熟故人来，一个理想的下午。

有一次，我的前任老板胡一刀请我吃饭，问我茶画家做了几年了，我说三年了。他又问这些年你觉得怎么样，还开心吗？虽然有时候真的很难但总的来说还是挺开心的。真羡慕你，一件事可以坚持做三年还依然保持这种状态。我就在一旁嘿嘿嘿笑着。

喜欢一件事，埋头进去，不管不顾，一抬头，三年了。这三年可以用来谈一次恋爱或者很多次。这三年创业的人已经换了几波，很多人换了工作，也有人坚守一份事业。

三年前，心里有一个模糊的轮廓，就像你对未来充满了憧憬但它无法被精确描述，心里就是知道，于是一步一步，勇猛无惧并不妥协，有时也有恐惧，但很快就被新的莫名的成就感给打灭了。回头看，一切都是兴冲冲的样子。说做茶，立刻就做，要为茶做茶器，马上就进入状态，做一件是一件，不满意重来，再不满意再重来。是一个这样简单的人，拍一拍尘土，亲手摘下果实，然后继续上路，并不怀疑自己的方向。

很多年前，彼时我还是一个不知天高地厚的设计师，一位朋友对我说，你要走出去，去更广阔的世界，那种天高云阔啊，你去呼吸那里的空气，去感受那种大美，你一定会有收获。

至今我都记得这番话。去看过更大的世界，心里就有了世界的样子。去感受过天高云阔和无边无际，去经验“满”和“空”，这比任何图像资料来得真实深刻。不仅仅是做一项设计，哪怕只是桌上的一杯茶，它看起来如此微小而具体，但要喝出真味，同样需要我们有“空”的心境。

一杯茶放在面前，它是茶，又不只是茶，这是要越过万千才能懂得的简单。做好一杯茶并不容易，传递好一杯茶汤，更需要练习。我们从茶的世界窥见机微，也要时刻守住这份难得的纯粹。心里明白，想要获得一点东西，总要付出代价。

记得某年去武夷山，正逢惊心动魄的大雨。雨中武夷山峭壁悬崖，处处险峻，叹服这样骨骼奇崛的地方才有武夷茶无可复制的岩骨花香。台北涤烦茶寮的王介宏先生亲手为我们准备茶席，随着当时的心境泡了一壶手中的茶，行云里有郑重，熟中依然有生气，喝了这一杯，感觉整个人都精神了。我问来这里做茶的王老师，遭遇这样的雨天是不是心都要碎了？他说已经快跳不起来了，但又不得不臣服老天的安排。这就是茶的世界。一片树叶，以怎样的经历穿越而来，多少代的传承，多少人的坚守。再多的情怀与技艺，独独对抗不了老天，又必然要谦卑地臣服于老天。所谓敬畏，无非是臣服。而我所理解的事茶本分，便是泡好一杯茶，传递一杯带着美与诚意的茶汤。

正是茶季大雨夜，空气里到处是茶叶花香，我在旅馆小茶室里泡了一壶父亲做的谷雨茶，一杯接着一杯，手边是冈仓天心的《茶之书》，空气里满是久雨的湿味。到了深夜，暴雨如注，一人细细喝完最后几泡茶，收拾完茶桌，穿过花砖走廊，看见葡萄藤已经越过栏杆爬到了房间窗前。

多年以后，想起这样的雨夜，夜空中的雷电，湿润的空气，瓦片中渗出的泥味，窗前的藤蔓，还有那一杯水路宽阔如大河的茶。而这些，都已入茶入心，又经由双手传递出去。若不是因为茶，只怕我没有机会，在那样的大雨夜，在异乡的茶室，泡一壶父亲做的龙井，那一刻整个人与时空融为一体，世界唯有雨声与茶水的甜润，连“我”都消失了。茶的馈赠，是让我真正抛下经验去感知美，并不断去体察这些细微中的永恒与短暂。

有人问我，做茶对你的影响大吗？是的，因为茶，我变得更加敏感，也更敏锐，能更快进入某个专注的状态。已不再是轻易被事物打动的年纪，更喜欢静水流深的日常相处。重要的是，我比从前更珍惜这些平凡的瞬间，懂得美并不只是表象，它是一种击中人心的能量，它背后是纯粹与天真。

茶也一样。经历淬炼，来到眼前，沸水下去，经得住，这一生才算是完成。总会有一些茶是心头好，大概就是因为喝出了心境。“喝出了纯粹，喝出了天真”，而“喝出了自己”，正是那句不需要说出口的话。

很多老朋友对我说，每年不喝一杯你的龙井茶，就觉得春天没有来过。听到这句话时心里很是感动。这一杯茶的滋味，是春天留给她们的记忆。她们都已是母亲，却依然天真。与孩童的天真稚气不同，她们展现了经历尘嚣之后的返朴归真。

此刻，午后四点钟的阳光穿过竹林洒在茶桌上，窗外春林初盛，眼前炉烟袅袅，茶熟故人来，一个理想的下午。而我能做的，就是为你泡杯茶。

福
福

第三部分

# 手作之美

# 一碗见人情

# 美是真诚的力量

一杯茶、一份手作的礼物就是一个连接点，它连接了我对这个世界的美好愿望，也连接了同样对美好有所期待的那些人。

前年应好友邀请办了一场名为“不期而遇——人情味与手作之美”的礼物展。原本我心有疑虑，本来礼物是很私人的物品，何必要拿出来做公开展览呢？之所以有这个担忧，是因为一来我从没有刻意留意礼物背后的故事，哪怕有，也未必能传达什么特别的东西，除了展现礼物本身未免有些单调；二来当时的我很难想象人们是否愿意来看这样一场极其小众的展览。

当我准备这样去做的时候，发现原来要真正呈现一份礼物，仅仅有美是不够的。大多数情况下，客人们来定制礼物，也都当作一件平常小事。刚开始我还煞有介事地问一问，你有什么故事吗？多

西湖牌

数时候我得到的回答是这样的：我们之间没有什么了不得的故事，就是想谢谢他，和他分享我喜欢的东西啊。有时，也会听到令人感动的故事，尽管语句琐碎，或者本身并不长，但已足够打动我。

“想选款茶寄到拉萨去，他在那里援藏，中秋节会想家吧。”这是我听到最平凡又真切的爱，动人极了。

“想给爱人送一份生日礼物，他的名字里面有个福，可以帮我想想怎么能在礼物里体现出来吗，拜托了。”再后来，她发来一张两人十指相扣的照片。

“想感恩我的师父八年多来的教诲及陪伴，种种温暖珍藏心底，随时光变迁愈加浓烈。刚刚得知她有宝宝了，想定一份礼物寄给她，请桃帮我抄一封手书吧，用你那张有荷花的信纸就很好。”和秀真的相遇非常偶然，却莫名的投缘，大概是对待新的朋友和老朋友没有什么分别，自然而然就拉近了距离。

“那是金陵大雪夜，我看见梅花盛开，折了两支，第二天飞回北京，一路小心带着，我知道他最爱梅花。”还有这样美的礼物，用震惊来形容也毫不为过。这一枝梅花里藏着的爱慕与欣赏，又是怎样的礼物可比拟？

……

老实说，我在包礼物的时候，脑中总会闪过一丝迷糊的这样更好或那样更好的想法。这个不确定性的过程中，变化总是顽固地存在，它们最终体现在了每一个礼物里。大多数时候直到做完一份礼物，我才会看着它说：哦，原来你是要长成这个样子啊！也因此，我的很多想法都需要通过双手慢慢打磨出一个样子来，我才觉得它可信。在变成一个可见的礼物之前，所有脑中的想法和认真画出的草图都未必是最后的结果。这样想来，我得感谢这些年来那么多愿意相信我的客人们。你们交予我信任，我却总是由着性子来。有时候也

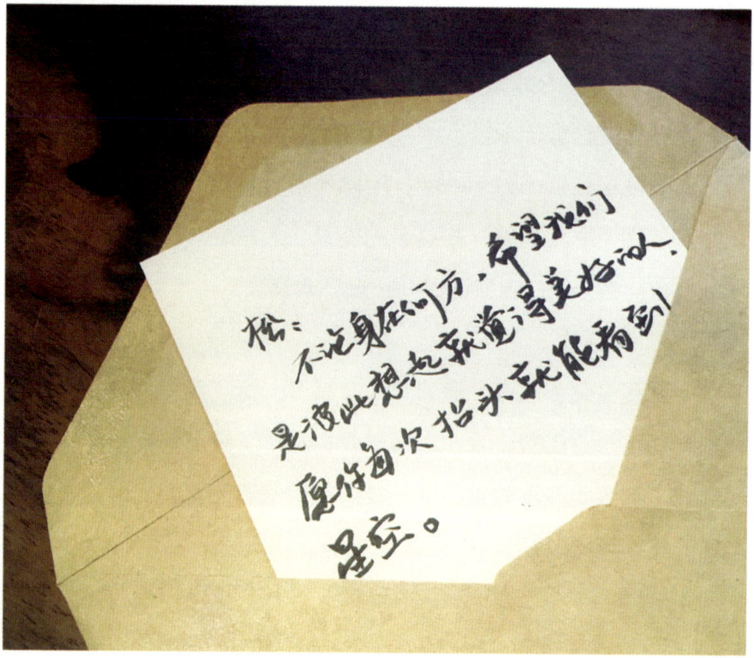

会想这样不妥吧，但在这个部分，好像改变起来真的很艰难啊。

我无法揣测人们收到礼物时的心情，如同无法抵达他人心内的隐秘地带。但有一点是一样的，美好的礼物让人愉悦。我更愿意相信，哪怕我们素未谋面，审美志趣各不相同，当她发现了我藏于某处的某个有趣的存在，那一刻，我们便是在“美”这件事上连通了。美不在别处，它是愉悦的感觉和体验，是瞬间的触动，是真诚的力量。

手作本身，需要投入时间、精力与爱。在那一刻，人与物是浑然一体而无分别心的。并且，对我来说，手作的要义，是遵从内心，遵从手工精神，且不试图倡导某种生活方式，也不刻意攀附美学意味。手作的东西，是丰富又单纯，丰富是饱含了制作者的用心，而单纯的，也是这一片用心，是我所理解的人情味。如果抛却人情味，我想象不出还有什么理由要保留手工精神，还有什么可以用来表达人与人之间这份踏实安稳的情义？

慧琳想在圣诞节去看望一位老朋友，早早地就和我来商量，要定制一份特别的礼物，让最近很低落的朋友能开心一些。慧琳常来定制礼物，新年的时候，春茶上来的时候，以及每个节日。她总是记挂她的几个老朋友，也会如数家珍地和我说起她们的故事。我能从她的每一句话里，感受到那份真切的挂念与关心，她的讲述绝不仅仅是为了我能更好地理解这份礼物背后的故事。我理解慧琳的心意，就像理解我们心里挂念的那个人，希望他得到特别的有意义的礼物。这一份特别，无法通过纯粹的想象来完成，你需要足够的了解与熟悉，你知道他最近发生了什么事，在担心什么，有什么值得庆贺的事，有什么心愿……我所理解的一份礼物背后的人情味，莫过于此。你投以真情，投以温柔的理解，这份礼物寄托这份情义，它才特别。

圣诞节前，杭州下了大雪，我去野木1978喝茶聊天，发现门口的雪松被压断了枝。那么美的松枝啊，垂在地上，墨绿油润的松针一朵朵可爱之极。回来的时候问阿兰借了剪刀去剪了一些，又在附近小树林看到长着果子的树干堆满一地，欣喜若狂，这果子实在太好看了，这萧瑟冬日里也能有这样芥绿色的果实，像是一个新的希望。我在心里想好了，要用松枝和果实，哦，还有松果与尤加利的树叶，包裹着两瓶敦厚老实的布包茶食，满满的圣诞气氛。做完这份礼物，再抄写完慧琳发来的一封信，拍了一张照片发给她，“礼物总算做好了，明天给你寄来，祝你们圣诞快乐。”

时间越久，越是对人情味有了新的理解。礼物的形式千变万化，慢慢地，也发现，其本质不过是一种挂念与关心。一杯茶，每年的滋味都不同，但它背后的那些人始终都在，情味还在。有老顾客和我说，我感受到了每一年的变化，我记得前年和去年的味道，

每年要是不喝你的茶，就像没有过春天，多希望你一直都能做下去。我想，这就是一种让彼此更靠近的关系。对我来说，一杯茶、一份手作的礼物就是一个连接点，它连接了我对这个世界的美好愿望，也连接了同样对美好有所期待的那些人。

有位客人叫姜茶，我们因为一段视频而认识。第一年，她陆续定了茶送给各个城市的朋友，每一包茶，都用牛皮纸包好，然后再裁一小张四方宣纸写上“姜茶心意”，盖上小红印章，用牛皮绳仔细包裹，这都是姜茶的主意。今年早春，她说要定礼物，要来杭

州，要和我一起画画创作礼物。她问我，能不能带几个朋友来工作室，没想到一起来的是两个虎头虎脑可爱的小男孩。他们一边玩儿一边写字画画，相互打趣“你才天真呢”。这一次，我在茶包上写了姜茶心意，孩子们在卡片上写的是“人生和美，返璞归真”，拙朴可爱的字迹，也会让打开礼物的人收获一份纯纯的感动。那也是我第一次见到姜茶，真的很美。看，这就是一份礼物带给平淡生活的奇遇。

# 爱上一杯茶，就像爱上一个人

与其说爱上一款茶是一种内心的投射，倒不如先爱了自己，暖了心间，寻常日子的深处，都是细碎的温柔。

南糯山红茶第三个年头，老顾客都有囤过茶，也几无例外给了很好的评价。诚然，这是一款不出错的茶。它的优点是柔和、绵软，且不失沉稳。浮生心心念大半年听说茶已经出来了，脱口而出：南糯山啊，就是我记忆里你的味道啊。

哦，我啊，我的味道——如果要形容，那就是柔软与中庸。我向往人与人之间圆融舒适的关系，我保有天真的一面，也有谨慎沉稳的一面。这就是我，也是我理解的南糯山所展现的人情味。

人说一杯好茶，能带你回到这片山林的风土。所谓“风味”，

大概也是这个意思。风味，风中的味道，你能在风里闻到它的真义。茶也一样，我们总不能时时紧凑这碗茶闻着不放了，而是捕捉茶香在空气里的味道。这一味南糯山的香甜，源自云南勐海南糯山石头老寨和半坡老寨中间的古乔木茶树，很好地融汇了东坡半坡老寨茶的栗香和蔗甜、西坡石头老寨茶的蜜香和蔗甜。她的条形保持了茶叶的原状，古朴天然，没有丝毫的矫揉造作与投人所好。闻其干叶，已是一股幽雅的香甜。抓起几片干叶放入口种嚼那么几下，顿时口舌生津，清香与甘甜，汩汩地从口中冒出。 我想，这碗茶里面的风味，正是当你站在那一片山林时，风中的味道，她似乎在诉说着这里的每一条溪流、每一片茶山的故事。

有人问我，那个有着茶中香槟之称的凤庆野生滇红和南糯山红茶相比，哪个更好？要说好，没法横向比，不同的山林呈现不同的风味。如果你问我哪个更好喝，我倒是有一肚子话要讲。诚如每个人都无法看全自己一样，钟爱南糯山红茶三年多的我，也突然爱上了野生滇红，是因为它具有新恋情一般的诱惑力，它清新，活泼，轻快，又丰富，像甜蜜的亲吻，有短暂而热烈的晕眩。它有无数优点，有一些优点正展现出对立面，比如它因为年轻而入口轻盈，也因为轻盈而略显单薄。

也有人同我讲，南糯山红茶没有野生滇红来的惊艳。这是很正常的一种感受。为什么这么说呢？野生滇红一上来就给人满山花果芬芳的氛围呈现，其浪漫与轻快，足以让人第一次就记住它。南糯山红茶则不同。它中庸，沉稳，其貌不扬，与野生滇红的“愉悦香槟”一比，好像没有什么值得人眼前一亮心头一颤的优点。也是，经过了那样丰富精彩的人生，谁能习惯看似平淡的生活呢？如果你恰好对这样平淡的生活乐此不疲，我想，你大概是一个懂得从平常生活中发现美的人，你也会懂得什么才是生活的真义。再看南糯山红茶，正是它这种浑厚饱满的圆融，才有了更多往里探索的空间；足够的沉稳，才有口感层次的弹性；足够的柔软，才有如吻润般的水感。

和朋友谈起了南糯山，也说起女人与茶。一个女人喜欢什么样的茶，大概也就能探其口味。而口味，往往又暗藏着品味，不管你是否承认，这并不重要。重要的是，你喜欢的那一杯茶，来自哪里，怎样的经历，穿越了多少山川风雨来到你的手里，这些都是自然的信息，也是你与这杯茶瞬间的能量交换。我这样来形容，也许听起来有些矫情，但你如果深深爱过一个人，你大概知道我在说什么。这南糯山，就是有着山林气息却藏着无限温柔的男子，这种温柔是装不出来的，它是与生俱来的内里气质。如果你想流眼泪，你想脆弱，你想躲起来，他会给你这样的包容与宽厚，如果你想跳舞，你想即兴唱歌，你想仰望星空，他会成全你的心愿。他就像一个为了今生这场约定而出现的人，始终如一地爱护与尊重你的存在，真实的存在，绝不要你为了得到更多而变得完美。

细想啊，爱上一杯新茶，就像喜欢一个新人一样，哪有什么道理好讲。人生路上有多少可以倾慕的人，又有多少一生都无法相遇的人呢。与其说爱上一款茶是一种内心的投射，倒不如先爱了自己，暖了心间，寻常日子的深处，都是细碎的温柔。放不下的南糯山，也是放不下对爱的信仰。

茶没有高低，是你心里有高低。

# 和茶一样，简单、直接、真诚

一杯茶，慢慢从简单的饮品，超越了具体的茶，成为了人与人之间的信使。

我的第一份工作是平面设计，上司Lily小姐很美，入职两个月后公司接了新项目，Lily完全交给我来做。第一次印刷发生重大事故，几乎报废。当时我的那种紧张与害怕，恨不能直接赔钱消失别让我面对那一刻的来临。Lily拍拍我的肩膀说，没关系，别怕，我们一起来看看哪里出了问题，下次就好了。她陪着我一张张菲林检查过去，亲自和印刷厂再核对。月末时我竟然还领到了人生中第一笔奖金。还有一次因为色彩调校失误，印刷品里人物的脸色有些发黄，Lily背对着我用她的腮红刷给每一张照片刷粉，这个画面印象太深刻也太喜感了，以至于我现在看到腮红刷就会想起这个桥段。

因为做新项目，Lily带我认识了沈老师，一个同样美丽年轻的美院艺术系导师，我们三人一起奋战两个多月，我深深体会到一名设计师的专业素养与审美追求是多么重要，你必须以此交予客户并具有天然说服力，而不需雄辩。我很喜欢沈老师，那时用MSN聊天，也会时不时给她写邮件，她说很喜欢看我写的信，有趣，也很有生活味。有天我问沈老师，你喜欢听蔡琴的歌吗？她说喜欢啊。我说我刻了一张碟寄给你哦。

然而，这份礼物，直到她去了天堂，也未能寄出。这是我的痛，且无法弥补。在我得知她走之后的很长一段时间，我每天都会想起她，想起那一个个曾经共事的日子。没有如果，也没有时光倒流，只有珍惜眼前人，过喜欢的生活，让活着的每一天，都不留遗憾。

Lily每年都会在春天定一份茶，寄给她当年的中学老师。“还像以前那样，帮我写一张卡片，我很感恩他，当年对我的照顾。”听到这里，我心里涌起了旧日时光，是满满的怀念与感恩。我永远记得那个九月，你放在我肩膀上的手，对我说，没关系，别怕。

今年的春茶气候，写下新历史。年前一场罕见大雪冰冻，三月天里的速冻，突降大温，措手不及。无论经历怎样的坏遭遇，真正懂得自然法则的人，你在他脸上看不到一丝慌乱。“这一片片茶叶都是生命，好不容易等了一年长了出来，被一场雪冻煞，可惜啊。我活到现在这还是第一次遇到。”父亲一边挑拣早晨刚摘下的冻伤的茶青说，“这是天意，我们就等着，等到真正的时间到来。”

为什么今年的春茶主题是“良友如暖风”？相比去年的寸朴和小饮春，名字也从茶本身，慢慢转到了人与人之间的关系上来。茶展现一片树叶的生命之美，人的参与使得这份美被看见，被感受，并被记录与流动。没有了人与茶之间的这份情，茶就只是茶，哪里来的人情味呢？

很庆幸，从做茶画家、接触茶开始，我遇到了很多的良友。我

的良友，是真实世界里存在的同路人，某个时刻照见我自己，并告诫自己，时刻做真诚的人。他们和茶一样，简单，真诚，直接。每个人的生活方式不同，对茶的体悟不同，但我们都会用礼物来表达我们的情谊。

很高兴，茶画家总是被朋友们惦记。每年春茶的时候，会有很多老朋友给我打电话或发信息，留下一串地址，请我包好茶寄过去。有满头白发依然可爱的父亲，每年春天都好这一口的母亲。有当年的恩师，儿时的发小，有老同学，也有忘年交。有深夜温暖的枕边人，有比友情多一些比爱情少一些的那个人。有不断鼓励你前行却未曾谋面的那个人，也有曾帮扶过一把的恩人……一杯茶，慢慢从简单的饮品，超越了具体的茶，成为了人与人之间的信使。

嗯，我的内心敏感害羞又谨慎，对那些明明有深情却隐忍不表的人充满理解，而那些表达准确且直接的人更吸引我。三十岁后开始不断练习，学会表达爱，适度的克制，但不隐藏。不再尝试长久的等待与试探，准确而真诚地表达情感，“我想你”，“我很感谢你”，“我要为这件事道歉 ”……让对方知道，也让自己知道。有时候，我真希望这杯茶能作为表达爱与情感的一种方式，能让一段你重视的关系历久弥新。

此时此刻有没有想起你的小伴和良友？有没有你一想起就像吹

了三月暖风的那个人？

如果你有这么喜欢的人，那泡一杯春雨给他吧，就藏在这叶片里，良友也好，爱人也好。如果没有，也不要气馁啊，雨水都浇绿孤山岭了，我们先把春天喝完再说吧。

整个春天，都该被一泡龙井淋透，才能青翠欲滴。一起喝茶很重要，可是和谁一起喝茶，最重要。若有良友对饮，当为人生之幸。更多的时候，一人茶，也不失乐趣。

# 做礼物的人，得到了更多的礼物

这样的美好遇见的多了，人也慢慢有了改变。

亲手包裹一份又一份礼物，有时候，也要为客人抄写书信，写着写着会突然感慨起来。我们用礼物表达心意，有人情真意切，有人心有灵犀。不同的人，送出的礼物有别，心意却都是真诚而郑重的。要对得起这份托付，心里这样叮嘱自己。时间久了，有时难免倦怠。

作为一个做礼物的人，对礼物也就有了越来越深的理解。除了美，礼物还应传递真诚温暖的人情味。关于美的呈现与传递，我有自己的坚持，并且明白这个部分需要真实的体验来丰富与完成。而一份礼物中最重要的不是呈现美，而是礼物所传递的人情味，这个部分无法依靠一个人来完成。我听过很多礼物的故事，在不多的

话语中，都藏着最真的情感；也收到过很多礼物，一个个包裹从各处寄来，远远近近不同的风物，我看见了那些简简单单毫无挂碍的美。这种美，和一杯好茶一样，具有朴素的力量，会把我从倦怠中拔出来。这种力量本身，就是最好的礼物。

有一年我在福州火车站准备回杭州，旺旺上有人给我发信息，说她在青岛，很喜欢我设计的这套《寸朴》。我告诉她寸朴里面的茶罐没有了，要等一阵再看。那时候刚开始在淘宝卖茶，突然撞上来这样一个买家，觉得不大靠谱吧，也就搁着不想了。没想到过了半个月，她又来问，问我有没有找到新的罐子啊很期待。我问你为什么喜欢寸朴呢？她说你做的礼物有一种很朴素的美，我想送给我的舅妈，我很爱很爱我的舅妈，她最疼我，我想把这份特别的礼物送给她。我第一次感受到，原来隔着这么远的距离，这么久的时间，这茶看得见摸不着，人也不曾谋面，也能仅仅通过文字与图片，传递一种人情味，且无需更多言语。

她对我说："其实从你做摄影我就开始关注你，我经常看你的博客，然后追到了淘宝，虽然没有见过，但我知道你是一个真诚的人。"前年的春天，她和朋友开车从青岛到杭州来，后备厢里面是满满的一车礼物。有她在初春下海捡的金色贝壳，三月的海那么冷，她卷起裤管就下去了。还有她和她的家人一起去山上捡的松果，甚至还带了大米、啤酒还有油。她跟我说，贝壳和松果送给我，知道我喜欢各种有趣的小东西，希望我在做礼物的时候可以用在里面。大米和啤酒让我一定要转交给我的父亲，她想让我向我父亲转达，谢谢他养育出这样一个女儿，让她可以遇见。当时我不知道该说什么好，整个人是懵的，连谢谢都忘了说。

我和同一天生日的水彩画家yoli从年初就约定要一起过生日，并为彼此准备一份特别的礼物。对处女座来说，最好的礼物，莫过于愿意为一个人花时间。两年过去了，想起那漫长的过程，就像是一场仪式。yoli亲手为我制作了一套木版画，上面是憨憨笑脸的我站在茶园里，还有“茶画家”的名字。yoli说，版画可以不断印制，所以这不是一张画，而是许多许多的画，这张刻着你的笑脸的画，可以融进礼物里，把茶画家的美好不断延伸和传递出去给更多的人。一刀一刀，一点一点，这是个辛苦的功夫，而我看到了满满的喜悦与心意。“我想让一直为别人做礼物的你，也真切地感受一把收礼物的快乐。”后来我才知道，在这之前，她从未接触过木版画。

这样奇妙的连接有很多，也常收到各种来自天南地北的礼物。小茉莉说，这是男友自家种的茶你喝喝看，真正在太阳底下晒出来的哦。慧琳说，从台湾带了手工红糖给你，我亲眼看着他们做的呢；卡师傅说，赤水河的水，茅台镇的师傅，酱香浓郁你可不要贪杯啊；甜妈说，亲戚家种的龙眼每年我都定很多，给你寄一些来尝

茶 TEA
画 ART
家 HOME

茶画家

尝；舒翼说，在市集上看到好看的花布就忍不住买了一堆带回来给你。就在刚才，番薯发来照片，说儿时读书的学校就要拆了，带着女儿拍照留念想让她看看妈妈的足迹，感动于照片里这种岁月的美，特地与你分享……

每一次这样的连接，唯有记在心里。这样的美好遇见的多了，人也慢慢有了改变。越来越相信美好，对事物也会有更深的理解。这种理解是我真正敬畏于日常微小之物，敬畏于每一件物品背后都有不平凡的生长，敬畏于每一份美好关系背后的那份简单与真诚。

对事物有敬畏之心，是对物本身的尊重。有了这样的态度，我们便从礼物中看见温柔的灵魂。我不知道做礼物这件事本身丰富了我身体里的哪一个部分，在我心里，礼物承载的是最朴素的情谊，这和它呈现的状态、价值，甚至别人赋予的寓意都无关。

某些时候我会想起这些往事，心里涌起的都是知足和感恩。做礼物的人，得到了更多的礼物。有时这种被爱更像是一种鼓励，会提醒自己，我做了那么小的一件事情，却得到这样多，也要有机会可以给出去，把这一份心里的感激，传递给更多的人。

枇杷膏露

# 一碗时间之味

食物它并不是孤立的存在，它连接了人和时空，它的背后有故乡，有亲情，它不仅仅是味道。

教师节快到了，每到这样的节日前，总有很多人来问送什么礼物好，我也不得不“心中常备”各种应对方案。我想起来新宇和我说起他在做的秋梨膏，赶紧给他打电话约见面。新宇是一位博物学者，植物私塾创办人，在杭州良渚有一个三十多亩地的农庄，里面有教室，有池塘，也种花种草种果树，有很多野放生长的地方，也不管它，就让它野着，长出各种各样的植物来。我第一次去农庄正是夏天，竹篱笆上爬满蔷薇，满池的再力花迎风招展，小小的睡莲开出了白色的花，木栈道沿着池塘通往农庄深处的小竹屋，几条狗趴在门口的柳树下，很有一番桃源的意味。

说是农庄，新宇是把他当作自然学校来经营的。他创办植物私塾，想通过自然教育让更多人关注自然，与自然建立关系，他希望通过对博物学传统的复兴，希望大家对我们所处的时空有一种更深入的认识，在这个过程中得到启迪，希望每一个个体都能找到一种跟自然更和谐的相处方式。在我看来，这是一件份量很重的事。如果没有足够大的心量和足够深的愿力，我想他是不可能做这样一件需要投入终生的事的，其中所需要的沉淀与积累，以及背后的坚持与付出，也非常人所能想象。

越是大事，越是要落在小处才能真正生根发芽。植物私塾每年暑假开设夏令营，里面有很多关于食物的课程。食物正是这件大事的“小处”。食物它并不是孤立的存在，它连接了人和时空，它的背后有故乡，有亲情。它不仅仅是味道，是连接我们与自然的一个媒介，它不是一个终点，我们通过食物去认识自然，通过食物的制作过程去寻找它的源头，来跟自然建立关系。

说起为什么做梨膏，新宇说，三年前他的梨园里面有三十多棵梨树，因为没有化肥也没有农药，结出来的果子很难看。他让农庄里的戴师傅拿去菜场卖，结果师傅在那里摆了两天摊，一个梨也没卖掉，根本没有人理他，觉得很沮丧，第三天怎么都不肯再去摆摊了。卖不掉，没有办法，总不能让这些果子都浪费了啊，于是新宇开始尝试做梨膏。这一做，就做了三个年头，才做成这一瓶秋梨膏。

熬制梨膏是真正的慢工细活。梨子洗净去皮，打蓉取汁，垒起土灶生柴火熬制，要将水分慢慢熬干为止，每次熬制需要几个人轮番守着大锅不断搅拌，手不离勺，眼不离锅，整整八个小时都得站着。在这期间，需要不断依据时间添加或单独熬煮配料，这个时间，便是我们口中说的经验。一样的配方，熬煮的时机每一天都不同，要掌握这个时机，便是仔细入微的观察，是三年来反复试验熬煮积累的记忆和瞬间判断。有时候，这时机，不过是十几秒的时间。

如果说熬煮是一门时间的艺术，这配方就是艺术化的时间。生甘草、百合、红枣、小麦、土冰糖、蜂蜜等，需要对这些原材料一一论证，摸清脉络，追溯源头，反复配伍比例并经过了无数次的熬制试验才最终熬出这一瓶有着琥珀色光泽的梨膏。小麦调脾胃，百合止咳润肺，红枣补气养血，生甘草可调和诸药，又因添加了土冰糖和蜂蜜，口感上有了更好的风味。一瓶梨膏需要熬整整10斤棠梨才能做得，很是珍贵。

在我的记忆里，儿时只要入秋，父母便会买来几罐梨膏糖，日常直接舀着吃，见咳嗽或肺热不适，便会用温开水冲泡了喝下，晚上才能睡个安稳觉。我记得那时的口感更浓苦一些，在保留古方传统之上，现在的口感风味更老少咸宜了。从这些细微的改良里，照见的是一份复兴传统并能使其历久弥新的责任，这是一件与生活息息相关的且有功德的事。

眼下正是熬煮梨膏的时节，农庄里整天都是香喷喷的，走进园子还没靠近灶头，就听见哗哗的流水声，果子们被反复抚摩冲洗，各种水盆相互碰撞，梨子在砧板上被噔噔噔地切开，大铁勺缓慢有力地搅动着一锅浓厚膏汁，舀起来再冲入锅里发出沉稳又畅快的声音，灶膛里柴火偶尔发出噼啪声，师傅用板车拉来一车松木，轰隆一声堆在灶房一角，西风吹来，穿过竹栅栏，满灶间都是吹散的白色水汽……

每一天，这里都是一首自然流动的曲子。在这样的流动里，我看见了时间，看见了到底是什么温暖了手中这一杯香甜。

# 用心做出的礼物，会有一种生命的质感

一位真正的艺术家，仅有天赋是不够的，她还需要某种特别的东西。她知道自己在做什么，并且相信那是一条终生的道路。

我和曲晶的第一次见面，是在PKN分享会上。她穿着一身亚麻白衫，很安静，就坐在我对面。我们交流是否有为晚上的分享做了充分的准备时，我说我不习惯事前做太多准备，怕这种本来随性自然的分享变得像临场背稿子，所以我没有做彩排。坐在对面的她不停地点头，说嗯，我也是！哈哈，我们就这样认识了。

后来我去她工作室，屋子里随处可见她的大型作品，桌上是不同釉色的试片，看起来就像是成型的艺术品了，地上堆着不同颜色的泥巴，有裹着的也有装桶里的。“正在发酵，有些已经快差不多了。”原来我们眼中平凡无奇的泥也有沉睡与唤醒之分，而陶艺却

是生命的再造。那天看她捏泥巴，一整个下午，先是揉泥团，在她的手里就跟个面团似的，然后用棒槌敲打使其致密，再用尼龙线分割成块状，我盯着那泥块脱口而出，老板给我来一斤猪血糕！我们一起乐得整个屋子里充满了笑声。

我跟她说不用为了招呼我停下手头的工作，等你做完了我们再喝茶，再说我可不是为了来喝茶的，我就是来看看你是怎么捏泥巴的。她说正好这个泥料需要现在就处理，不然就太干了用不了。看着她摔打泥巴时那种投入与专注，我也会想象自己工作时的模样。

我是很喜爱陶器的，尤其是有自然肌理又不落俗套的家常器，自认为看过不少陶艺家作品，而当我看见曲晶做的器皿，心里依然为之一颤。那一刻，什么都不用说，我就是被那种质朴的美震撼到了内心。之前我以为她只做那些大开大合气象分明的艺术装置，未曾想她也有把人心瞬间揉碎的温柔力量。这样的温柔里，是看见了生命的质感，看见了最原始的美，却又这样触手可及。

我厚着脸皮问是不是也可以试试，看看自己能不能做出一个能用的东西来。然后我就体验了一把亲手拉坯，结果根本停不下来，直到天近黑了才从椅子上挪开。曲晶在隔壁桌上修杯子，而我在这头拉坯，两个人都不说话，各自埋头，此时只能听见拉坯机的声音。我能感受到双手握住泥坯时的湿润与张力，双手既要有力又不能太用力以致变形，要随着转速根据需要的厚度逐渐向上均匀拉升坯体，每一根手指都与泥土紧紧触碰，旋转着的坯体每一次划过手心都有岩石颗粒摩擦带来的疼痛，以至于摩擦久了手心感觉发烫，直至手心与坯体有了行云一般的互动与交融。

那个瞬间，心里是极其安静的，有不经意的喜悦，并确认自己是真实存在，与每一分每一秒真实交融。也许只有亲身尝试，感受过这种磨砺手心的疼痛，与当下全然忘我的投入，才能体会陶艺家的每一件作品，原来是凝练了时间之美，并刻下了身体的印记。也是在这个时候，我才真正听懂了曲晶说的那句“不经修饰的粗颗粒砂石划过指尖的触痛，给我一种觉醒的力量”。

我想，曲晶所说的这种触痛与觉醒，正是她的作品给我的感受。因为有些深藏于心的东西无法用语言表达，却可以用制作器物来抵达这种心境，使其从无形而有形。这是艺术家最动人的魅力，做东西的过程，就是把她心里的东西一点点剥出来，并与之对话的过程。

再然后，只要有时间，我就总想泡在她工作室，干什么都行，别嫌我添乱就好。哪怕就是看着她炼泥、过筛、画肌理、摔泥巴、修坯，穿着围裙带着手套一码一码端着出窑的半成品，再将几百片釉色试片一片片装进窑里，怎样都好。通常我去看她，就会先喝上

一壶茶，然后说，好了，该捏泥巴了！平日里，她一早进了工作室，中午就在食街对付一顿，晚上回家自己做。“看起来那么光鲜的陶艺家哦。”我打趣她。“反正也习惯了，陶艺家的日常累成狗，你懂的，也别说我了，你还礼物美学家呢，你打包的辛苦别人也看不见啊。”然后我俩会同时伸出双手，说，你看，这两双手磨的，劳动人民的手啊。

曾有朋友给她提建议，说杯子上有一个肌理有点磨手。那之后，她会用双手轻轻握住每一只杯子，慢慢旋转，让杯外侧的肌理不至于有割手的触点，这样被抚摩过的杯子看起来像被煲过浆一样，有不一样的光泽。她会用嘴唇将杯口沿轻轻触碰一圈，为了让每一只杯子都能有舒适温软的触感体验，不至于磨了嘴。我笑着说，那你每天要拥抱和亲吻它们，拥有它的人该多么幸福呢。

有时我会向她请教关于陶瓷与材料、陶瓷与安全的问题。“现在有那样多的器皿，到底如何才能鉴别出它们是否安全，是否可以用作食器呢？”

“我们大多数人都不知道，甚至根本没有这个概念，去关心每天在使用的食器究竟是否安全。这是一个生活中被忽视的问题，但它确实存在。这需要时间，需要整个行业一起推动才有可能改变。我能做的，是通过在地化材料研究，用我们身边的材料，用自然中

的材料，不断试验，来做出安全耐用的生活器，也希望有更多的同行能在注重造型之外，也关注材料本身。”

“传统的有些东西是好的，但需要探索。我的方法是，你在哪儿就做哪儿的事，做在地化的东西。作为陶瓷工作者，如果不从根本上解决问题，后面就很难去控制。你在一个地方，就研究当地的材料，从它的本质出发，思考如何展现它的不同，并不断探索和试验。泥土来之不易，它的再生很慢，真的要珍惜它。利用当地的材料表达，而不仅仅把材料当作材料。往深处去走，你会发现里面的世界很大。”

她告诉我，一座山不同的高度，泥土的颜色与成分都不一样，

烧制出来的成品也有各自完全不同的表现。她反复试验，寻找规律，并建立自己的审美标准。在这方面，她是固执的，也因为她的固执，她的作品才有了一种别处无法遇见的生命质感。

我从曲晶的作品里看见的，不仅仅是她的热爱，她对世界的理解，也有她对自己的坦诚。我惊讶于她能在这样快节奏的环境下，依然能保持自己的节奏，一步一步踏踏实实地探索与行走，为一抔泥土沉醉，为一种釉色试验无数次，为修平一只杯子花上几个小时，她将她所能投入的全部都融进了她的作品。我在她的作品中，看见了她全然的爱，全然的美。

有一天，我给她看陶艺家Lucie Rie的照片，她已满头白发，依然穿着围裙陶醉在创作之中。我说我想象中你老的时候就是这样的呢，她笑着对我说，我们都会是这样的，穿着围裙，认真享受这份可以做到老的工作。

我想，一位真正的艺术家，仅有天赋是不够的，她还需要某种特别的东西。她知道自己在做什么，并且相信那是一条终生的道路。在这条路上，她始终是勤勉而谦卑的，她本身就具有那种特别的东西，且浑然不知，这是她令我沉醉的原因。

我就知道，你是不同的。

# 做份礼物送给你

做一盏白瓷茶碗，只是缘于一心想做“好用的、实用的、有传承的、美的茶器”。

决定做白瓷茶器时被自己吓了一跳。“越简单越难做”这句话用在烧造白瓷上实为真理。我想要一种近似于雪又比雪更有光泽的釉色，它同时要有玉的质感，在釉色的表现上是饱满生动的，会随着时间的变化而变化。因对白瓷几无所知，我甚至和手艺家刘振环表达了“像翡翠介于冰种和玻璃种之间的莹润光泽，糯种和冰种之间的细腻质感”，说出口后才深深觉得，这种色彩实际上极难表现。

做一盏白瓷茶碗，只是缘于一心想做“好用的、实用的、有传承的、美的茶器”。用这么多形容词，且逐一实现，很难。与其说做了卖，私心纯粹是自己想得要命，是给自己的礼物。一切都是刚刚好，此时此刻，此地此物。我甚至问自己，为什么每次想到/看到

美的事物总会触发回忆，且只有能发生这样的情绪时才定义这件事物于我而言是否具有生命力。注重情绪的延续和表达，是我创作中最大的固执。同样，为什么想烧白瓷，也有回忆的触动。小时候总是走夜路，月黑风高的夜里最怕，就高声唱歌，或者用奶奶告诉我的把钥匙拿在手里弄出声响来壮胆。唯独雪夜不怕，静静地走，被一种温暖而皎洁的白色包裹，别样的安宁。

“我大概懂你说的这种白”，老刘从他的宝柜里拿出一盏小小的白瓷碟，说，“宋代的东西，你摸摸它的质感，细看它的釉色。一千年了，有说不出的美，现代人几乎烧不出这样的水平。我想烧这样的釉色，挺难的，还是想试试。”

宋瓷以器型和釉色为基本表达语言，尤以釉色闻名。而白瓷作为实用器皿，已经渗透到宋人各种日常起居。对善于体味自然时序的宋人而言，白色一定程度上成为了一个符号，这也是为什么白瓷在众多瓷器中更能引起心理共鸣的首要原因。同样，手艺人也将这种共鸣表达在釉色里，才会有纯白、雪白、象牙白、猪油白、鸡骨白等丰富多变的“白”。我甚至认为，在古代，这样的白是需要被表达的，它是情感的出口，是隐喻，是寄托，也是抚慰。和日本侘寂美学不同，我理解的东方式审美从来都是离不开文人气的，也就离不开含蓄之美。你看很多宋瓷，都有一种风骨，既含蓄又清高，底子却又有一种圆融，这样的美，美得落落大方。也正因此，细腻隽永的精致白瓷成为很多藏家追求的瓷器。

抚摩这些旧物时，心里有一股对古人的敬意和赞美，更多的，是被穿越千年呈现的这样的白打动。对于一首古诗一盏宋瓷，我们都是隔岸观火，共鸣是一种连接，是相互对话，我听懂了你，而你也在无数个共鸣中有了新的丰沛的生命。这种内心的共鸣，在我看到定制的第一盏白瓷盖碗时同样发生了。

那是儿时夜归，头顶一轮明月，脚下皑皑白雪，天地之间呈现皎洁之美，是孤独的，却也是温情安全的，循着这条有着白色光泽的雪路，就能走回家。

为那个依然孤独而皎洁的人，送上这份礼物。

第四部分

# 沉思之美——闪耀在内心

# 你很美

真正可称之为美的东西，它本身就具有感召之美，在我看来，它更是疗愈之美。

在繁乱之中找到某种秩序，需要不断练习。这种我称之为秩序的东西，也就是节奏。找到属于自己的节奏，找到让自己舒适并具有力量的路途。舒适并不是一个一成不变的东西，有时候我们需要打破某种局限，某种舒适的界限，打破它，不断拓展舒适区，向更高的天空伸展，让自己活得像一棵真正舒展而繁茂的树。在那里，我们所见，所感，所能投入与给予，都比过去的我们所经验的更加丰富。

中秋前总是忙碌，依然想先坐下来写点什么。对我来说，书写这个过程本身，也是一种训练。我并没有以训练来要求自己，一旦情绪升起，尽可能找个地方书写下来。我珍惜这种自然而然的情绪流露。之所以珍惜，是我在这两年的持续书写中，越来越感受到书写之于我的帮助。如果无处可倾诉，又不得不表达，书写便是最好的方式。没有评判，没有阻碍，没有现实一切的衡量法则，它足够私密，也足够真诚，当我表达自己，就只是表达自己，当我记录情绪，就只是记录情绪，它不对任何人交代与解释，不对任何人负责与承担。这种只是和自己对话的方式，在那些艰难的时刻，成为我唯一信赖并珍视的伴侣。书写之于我，是对话，是疏解，也是疗愈。

六月去大理桃溪谷，参加了孟想（订阅号：女巫剂量）的山林塔罗书写之旅。我们在山间行走，在溪涧与大石之间冥想，在看得到洱海听得见溪水声的房子里跳舞与吟唱，在任何时候即兴书写。在塔罗学习之外，我们也一起喝茶聊天，和不同的伙伴们交流心得。这是一次奇妙之旅。我们都是那个在生活里经历过大多数的人，但却因为塔罗牌而相聚。我想，真正让我们相聚的，不是塔罗牌本身，是我们都觉察到内在的问题，希望通过某种方式去真正触碰并梳理自我。这个寻求本身，就是一个很美的过程，尽管，里面有不堪，有挣扎，有剧烈，也有害怕。

都说课堂是一个具有魔力的地方，我们容易在那样的环境里放松并袒露自我，一群人会呈现出某种一致的能量，在那样的场合里，对各种情绪都展现出最大的理解与包容。的确有人会对课堂上瘾，如果回到现实这些课堂里的东西无法有任何作用，一切照旧无所改变，是不是就否定了课堂的作用？不妨退后一步看一看，有时候我们只是需要有个地方能疏解与分享。这种愿望大概很多人有过。能从现实生活里停下来投入一堂课，这本身就是改变，是勇气。我们总是更重于是否有用，而忽略了每个人都怀着不同的症结走向某个课堂。如果我明白了每个人都有此生的功课，不会对任何人的任何举动做出一己的猜测。就像，哪怕你追逐过无数课堂依然无所改变，我的心里满是理解，绝不会有半点轻蔑与嘲笑。我知道，我们都在路上，只是有人走得慢，有人走得快。

觉知在不断增长，自我觉察越来越深入，对事物的体察也越来越有自己的偏好。体察本身是由我出发的体会与观察，它注定是个人的经验。这种经验也是某种秩序，觉知越深入，自我越完整，体察越真挚，这种秩序就越发具有美的力量。

我说的这种美，绝不是单单是视觉上的。它是一种感知，它可以是细小入微的，纳须弥于芥子，是美；它可以是广袤的，大漠孤烟直，是美；它可以是生生不息的，天地有大美而不言，是美；它也可以是带着伤痕的，就像帕慕克所说的“美景之美，在其忧伤”。真正可称之为美的东西，它本身就具有感召之美，在我看来，它更是疗愈之美。

# 所有的美，都藏着爱

为了靠近你，做好了最长久的准备。

常与朋友聊茶，但通常聊的个人体验更多些。有时我会有一些尴尬。别人问你是做什么的时候，我说我是开淘宝店的，卖茶。哦，做茶啊，那你肯定很懂茶啊，快品品这杯茶，怎么样?

时间长了觉察到这种感觉有时并不能让自己真正信服。这是一个需要拓展和深入的区域。我要做的绝不是一间茶室，但这并不妨碍我们在茶的路上循序渐进。正因为想喝一杯简单的生活茶，才更需要深厚的沉淀。

为什么会觉得尴尬，是因我本能地，并不以为茶是我的唯一生路，也非我的灵魂所寄，更谈不上我是懂茶的专业人士了。那么茶对我来说是什么呢？骨子里浸泡的是茶水，熟悉制茶的每一个细节，三代事茶，这些都不重要，我在三十岁时突然开始关注自我觉知，才开始注意到了茶，注意到这大概是一件可以做的事，仿佛我们之间有一种微妙中透着张力的关系，与久远的茶相比，我自然是微尘，但在某个时刻，我感觉到了我们之间强烈的连接，是美好的对手。没有什么非做不可，也没有什么说得出来的责任与使命，某个力量推着我，该试一试，这条路值得你去走一走，看一看。你不走，怎知会有什么样的风景？

某个瞬间，特别想去学茶。我并不是一个静的下来去习得某种具体技艺的人。我心中是将茶道当作我与茶有更深对话的“通道”，它对我来说，是一种方法，而非仅仅是美的或正确的仪式。茶道亘古绵延，留到今天的，不见唐时浪漫，也未有宋时风仪。我并不一味崇古，现代人饮茶与古时礼仪制式有了很大的差别，心境、环境、时代已是大不同，唯有面对这一碗茶时的短暂当下，能穿越万古长空，抵达某种相通，这是我理解的茶中之妙。可是我的手脚都很笨，若不是诚心向学，只怕是光记着茶道中那些个流程与动作，就足够我“执象而求”而苦不堪言了吧。显然茶道的精神绝非是这些具体的可见的流行。冈仓天心认为茶道茁生的缘由是“对美感的仰慕”，他在《茶之书》里这样写：本质上，茶道是一种对“残缺”的崇拜，是在我们都明白不可能完美的生命中，为了成就某种可能的完美，所进行的温柔试探。

那么，每个人试探生命的方式总归是不一样的。我以“茶在生活中可能创造的美”来试探，以“人情味与手作之美”来实践。如果把“茶”这件事视作一株大树，我就是那个一直在树冠边缘来回行走的人，一圈一圈，又一圈，从来没有想过要真正走进树冠中心去。没有老师，也没有同路人，对茶的认知就很慢，唯一的优势就是足够慢、足够坦诚，甚至足够不以为然。我花了三十年才注意到了父亲的茶，在这之前几乎没有深刻具体的画面记忆，某个时刻突然就看见了，这就是“时间到了”，万物之中存在着这样的机缘。而如果没有这么多年对美的追寻，没有足够多的实践与积累，我的眼里是断不会真正看见这碗茶的。因为，所有的美，都藏着爱。

茶画家上架的第一款红茶足足花了三年时间，未见得有多与众不同，但我真正见证了这茶是如何让那么多人沉醉其中的。对任何一款茶，我的经验同于做人，不必拘泥于已定性的，都拆了，都归零，每个个体之间都有其特定的交流方式，和任何一杯茶之间，也是一样。“茶是喝出来的”没有错，但也未必放之四海而皆准。最简单的比方，每个喝茶的人不同，“喝”本身就有了不同的立场与评断。而我，一直以来的固执，便是遵从第一感觉——气味传递一切信息。对我来说，气味中透露的信息要比任何描述都直接。那么，如何对气味下一个定义呢？如何能评断出一款茶的气味是“正确”的或“足够好”的呢？

就是在这里，发生了一些变化。在此之前，我能做的，只有弯下腰来，怀着恭敬与善念，带着一份自认为对茶的热爱（甚至我并不认为我是热爱茶的，顶多是“我们有一种特殊的连接”），长时间的默默观察和体验。我开始反思这个问题。我能否依靠这种天然的直觉或感觉来维持（或深入）这件事，我如何能始终相信我的判断是“正确”的？我同时带有怀疑。

我观察到我游走于树冠之外不曾试图走进中心的缘由了。一来，我更喜欢站在边缘，以一个泥土视角的探路者、观察者的方式来寻求某种能够介入其中的通道。二来，我知道，不是不想，而是我害怕走近。一旦我找到了这条通道，能从树冠边缘进入中心的路，就是寻求到了某种具体的方法来靠近我想去的地方。有了路，为什么反而会有一种惧怕？

敬畏之外，因为自我的匮乏。几十年来茶水浸泡的我，太明白要真正熟知一款茶得花费至少半生力气。我至今对龙井尚且一知半解，更不敢自称所做的就是真正的足够好的龙井茶。论情怀，家人制茶总是远胜其他；论专业，技艺总需精进。由已及人，他山之茶又当如何？仅凭感觉就能判定，仅靠情怀就可动人，岂非有失公允？正因这些疑问，加剧了内心的撕扯。我曾惧怕的，是可能不得法，并且深知这是一条耗费一生也未必得其精髓的漫漫长路，若作为一门技艺，这既是一件日常的事，也是极其孤独的事。而我曾想要进入的，是一个柔软的、天广地阔足够自由的世界。我所理解的茶道，是宽广而自由的，是大美无言，是绝处逢生。既向往得法得道，又想要舒适安全，可还没开始走，我就预设了困难，也就限制了步伐。

回顾这几年，进步虽是微小的，但总归看得到进步。是一个缓慢的人，还固执，坚信以自己的方式来做事，哪怕明知是一条更难的路，也要试一试。“不试怎么知道呢？”而一旦发现事情有了坏的不可挽回的一面，且这一面势必会将整件事带进困局——那就加速到来，彻底结束。总是这样的处理方式，亲自尝过，必须走完这一程，且不屑捷径。曾怀疑这是不对的吧，是经验的阻碍，是自我的障碍。走的路多了，也摸索出一套办法来，看起来云淡风轻，那是多少代价之后啊。那么多年过去了，我才知道，这是我触摸世界的方法，是我试探生命的方式。

阻碍即是通道。这是属于对手的奥秘。

从来一无所有的人决定放下一切，和阅尽繁华的人终抛下名利，同样是放下，却有着你我深知的不同。不曾经历，何谈感同身受的体察；不曾拿起，又何谈真正的释然与放下。回想最初回答什么才算得上好茶时曾放言“谁喝谁知道”、“一句好喝就足够”，

今日才醒悟这是真正的大言不惭，是为“无知”。一杯茶，是怎样的穿越崇山峻岭，大川细流，熬过冰霜雪箭，暴雨狂风来到你的面前，在沸水里还原一整个生命历程给你？

再次面对一杯茶，内心愈加觉察到匮乏与困闷。“你很好，而我却无法真正理解你，也就无法真正与你交融”，这样的匮乏需要通过切实地触摸、观察、感受、真正的靠近，来逐渐突破、渐次丰实的。就像那瓶盖，要么自己用内力顶开，要么借力拧开。我愿意以自己的方式去实践，去更广阔的地方，走更多的路，去和一杯茶住守，在足够多的练习与积累之后，再沉淀成新的生命经验，判断才会越来越敏锐。并且，知晓这一切的目的不是为了做出判断。

茶道中的“道”，与其说是路径，不如说“道”的意义是“在路途上”。它是无穷幻化的精神——是无尽的生成过程，一方面不断返回其自身，一方面却也藉此呈现出新形态。

茶道无捷径，又处处是捷径。我在路上，路在心中，情深义重。

# 对生活一往情深的奖赏

正是留意到这些无用之美，在整个生活历程中，它悄无声息沉淀下来，在某一个时刻，以某种方式呈现于我。

也是这样的暮春时节，当我走在去往水库深处的茶园，望向山那边的落日，金色的余晖将天边的云染成了粉红色，鸟儿从低空掠过，停在了檫树枝丫上。天色将晚时，山间有了此起彼伏的虫鸣，伴随着间断有序的蛙曲，脚步声，草丛与身体的摩擦声，嗦嗦嗦，嗦嗦嗦。偶尔从远处传来布谷鸟叫，小飞虫不小心撞进眼角，会流一些眼泪。路边各色植物极其繁茂，以至于需要用手拨开才能往前走。

这样的时候，心里竟有一种难得的静。天地之间，只有自然，还有一个我。此时的我，是可有可无的，让我匿迹于无形也情愿，以更宏大的视角来观察和感受这样的美，甚至接近于理想中的空。

中国人的意境讲求一个此时无声胜有声，此时相望不相闻。那样安静的美，竟是什么都不可超越，不可亵渎，是某种接近于大写意的、诗性的、纯粹的美。

在那样的时刻，想起了我在山里度过的童年。翻过眼前这座山，就是曾经的外婆家。外公和外婆在村口有一座两层泥瓦房，在上林湖水库深处又造了一座小木屋。每年我们都会到小木屋住上一整个夏天。木屋正好建在三棵不知名的树之间，需要搭把梯子才能爬上楼去睡觉。外婆说我每天就知道爬梯子，窜得跟猴子似的飞快，哥哥姐姐们根本不是我的对手。木屋前面大约十来米，就是那时看起来简直大得很的仰天坞水库，连接着水库的是一条清浅的溪流，满是卵石，溪水澄清，从木屋的西面淙淙流过。

夏天午后两三点，都是五六七八岁的孩子，我们一起脱光衣服扔在卵石堆上，有人喊一二三，然后跟着口令跳进湖里，大家你追我赶，直到游到精疲力尽才会上岸。傍晚时分，我们在溪流的上游抓鱼，活奔乱跳的鱼，就着溪水就弄干净了，跑到树下早已生了火的炉子，往里头一扔，刺溜儿一声，滚烫的油花里开始冒出醉人的鱼香味，孩子们都围着这口小炉子等着炸鱼条出锅。

木屋边的树上钉着动物毛皮，是外公打猎得来的。在无数个星夜，只有我敢跟着外公去打猎，他在前面拿着自制的长杆猎枪，不

断回头提醒我，不要怕哦，等会如果没打中你就扑到地上装死。我紧紧跟着，生怕野狼从后面冒出来。我亲眼看见外公以极远的距离瞄准了一头獾，第二天再去击中的地方把它背出来，也有意外的时候，比如以为打中了，结果第二天没能找到。那样的时候，外公就会倒上一碗酒，呼哧呼哧喝下，一边嘟囔：下回我可要瞄准了！要瞄准了！看你跑得哪里去！

我们所有的食物都来于自然。地里种的瓜果蔬菜，山上寻的野果野菜，外婆总能在这个夏天为我们做出美味。她还做得一手远近闻名的盐卤老豆腐，白天她在瓦房做豆腐豆干，傍晚就回来给我们做饭。外公一天四顿小酒，用自己种的高粱做的土烧酒，每顿不下半斤。为外公配下酒菜这件事，外婆有的是办法。有时是捉来的小鱼油炸一锅，有时是炖野味，有时就炸一碗花生米，再不济也能切上一盘豆干。而外公呢，每次喝酒时总是看起来骂骂咧咧的面孔，眼睛却都是笑的，酒都喝完一整瓶了，也不见菜少了多少。在那样贫瘠的年代，生活剥露出最务实粗糙的一面，但在我的记忆里，外公外婆都将他们心里最美最天真的部分给了我们这几个孩子。

当然，都是农村的孩子，我们也要干点力气活。比如种在水库里面的南瓜成熟了，就要全部背到山下的瓦房去，留着来年做种子。我们几个表兄妹，年龄也差不多大，每人每次只能抱一两个大南瓜，山路很小，也很长，还有一段弯弯曲曲的下坡路，很是难走。中间经过两个水库之间的那座石桥时，我实在累得不行了，刚想停下来南瓜就从胸前滚了下去，掉进了湖底，哥哥姐姐们都笑成一团了。我会想起这个片段，是因为我至今对那天紧紧抱着的南瓜贴着胸膛的触感有记忆，我记得我的手臂已经酸痛得无法裹住南瓜了，并且对那只金黄色的南瓜慢慢沉入透明的湖底、扩散的水波中反射出碧绿湖水与黄色南瓜的动人色彩，那一抹记忆如镌刻一般，犹如昨天。以至于，我总是会亲近那样的人，像湖水一样清澈，内在却有丰富动人的色彩。

夏日的夜里，我们都会坐在石头上，看天上的星星和月亮。那个时候，仰望星空是一件极平常的事。天空在两座山之间呈现出很美的墨蓝色，星星很亮，溪水声咚咚咚就在耳边，夏夜的风吹在身上有一点点凉，小木屋里有昏黄的煤油灯已经亮起。我们围着外公，一遍又一遍听着总也听不懂的故事。夜深了，外婆喊着一个个熟悉的名字，好困觉了，好爬上去困觉了。

我并不常常想起曾在山里度过的童年。但在心底深处，我始终记得这段瓦尔登一般的生活。并且，我从心里感谢这段充满野趣、探险、充分展现天性的童年时光。它看起来是纯粹而无用的，但生活里有一些无用的东西，比如美与情怀，恰恰是这些无用，令我觉察到自己的狭隘，以及提醒我应该更宽阔。

正是留意到这些无用之美，在整个生活历程中，它悄无声息沉淀下来，在某一个时刻，以某种方式呈现于我：当我行走在山间小径，夜里一个人开车，仰望星空，喝一杯茶，听一首歌曲，甚至一次凝视，一次痛哭——有某种东西穿过这些具体的瞬间，从脑海里跳了出来，它们像画面一样在我面前展开。

我无法说清它们为什么会在那样的时刻到来。正如，我无法说清到底什么才是美。我想，这些瞬间必然是生动而富有质感的，它真诚，它纯粹，它不经由设限，也不抗拒失去，全然存在于此时此刻，它将那些久远过去的触动送回给我，展现给我。然后，我将这些再次感知到的触动，能称之为美的部分，重新放进生活里。这种贯穿一生的与精神世界对话的方式，总能让我找到生活中的热爱与勇气，发现生命中更多的美。

# 囿于昼夜、厨房与爱

于我而言，休息的方式不是疯玩和痴睡，真正的休息，是不紧不慢，保持某种热情，让我们投入下一段工作或生活时依然有对美的追索和不怠的激情。

这是我第二次春节外出，时长一个月。原本我还有所担心，大过年的不在家帮着招呼客人帮衬母亲就这么出远门了心里总有些障碍。我和父亲说今年不能陪他们过年了，想趁着过年好好休息。父亲喊我回家聚聚，算是提前吃一顿年夜饭，还用微信给我发来菜单，一只鸡，一条鲈鱼，牛肉，冬笋，花菜，鸭肉，蘑菇，萝卜，花生米，你看看还想吃什么再给你做。那晚我们一起喝了酒。父亲说，啊，你要去美国了啊，带上家里的茶，再带一抔土去，那么远，会想家的啊。

父亲很关心我在美国的吃食，担心我肠胃不适搅了这旅行。于是我给他拍了照片，厨房、菜式、餐厅，还有打开冰箱里面的食物。放心啊爸爸，我有一颗走遍世界都很结实的胃呐。而我呢，因为时差关系，每天下午五六点开始犯困，可仍然需要自己做饭。山上有很多餐厅，各国风味俱全，开车只需几分钟，眼下正是加州山上的冬季，实在有些懒得出门，事实是——我更爱自己做饭——慢炖排骨、红烧肉、煎黄花鱼、辣椒炒蘑菇、番茄蛋花汤，除了厨具不同，中国胃口的调味品一应俱全，照样也能有八九不离十的口味。对于吃，我从来是不甚注重，但又有所讲究的。

不甚注重，实在是因为平日里工作占据了我大部分的时间，对吃这件事，就逐渐成了可以应付的事，对我来说这有被迫的部分。既然这份包礼物的工作暂时难以委托他人来完成，就得事无巨细地亲自来做，至少短期内没有更好的办法。所幸的是，我挺享受独自工作时的状态，这大段不被打扰的时间，也正是我沉于思考的时候。当然，有时我也会思考关于今晚吃什么的问题。比如出来前最后一顿，我决定去买一只鸡，配齐了花椒、白芝麻、香茅、迷迭香、蘑菇等各色配材，就着樱园红酸汤，来一锅酸汤鸡，这大概是属于我的讲究。想吃什么时就有的吃，尽可能做得好吃，这是微小却令人知足的幸福。也只有在亲自做饭时，更能体会到生活的真切之处。付出劳动，得到收获，亲自品尝这丰收的果实，哪里还有比这样的付出回报更畅快还两不相欠的事呢？

我常常会忘了自己是会做饭的。我喜欢自己做饭，我说的“自己”并非指我自己，而是尽可能在家里做饭不必费心思去外面觅食。当然，想去下馆子随时都能去。做饭是一件需要花心思花精力的事，几个人吃，买什么菜，怎么做，还得看口味及搭配。就单单这一点，我极其佩服我的母亲，整整做了四十年的饭，从未有一句怨言，俨然成了她天然且骄傲的责任，看我们把饭菜都吃完简直是一件充满成就感且感觉被需要的乐事。每次我回家，父母一定都在厨房，一个在灶台烧火蒸大菜，一个站在煤气灶边小炒，两人各顾各的，时而需要对方切个辣椒剥个蒜头剁点葱花，一边是炉火正旺，一边是锅铲不停。对于回家的记忆，从来都是父母在厨房里忙碌的身影，这是无法割舍的家的味道，母亲的味道。我想，许是心中有爱，母亲的味道才成了所有人心中永远无法复制的味道吧。

有时候我会突然笑出声，很轻，感觉某个动作、某句话和我母亲一模一样，好像我就是年轻时候的她。我笑，是因为在那个时刻我突然明白了，爱是最好的滋养，童年时期母亲的陪伴是我成年后最大的温情与安全感的由来，而我偶尔恍惚如年轻时候母亲的切身体验，令我更加试着去理解母亲，理解当年那个她，理解她给我的爱。有时，明明是我自己在做饭，却有一种像是看着母亲在厨房忙来忙去的样子，切菜，热锅，下油，下姜片，炒菜，还不忘同时擦拭台面……所有动作几乎如出一辙，可母亲从来没有教过我如何做饭。有时我会在做饭时哼唱起来，哼着哼着又轻轻笑了起来。就是这样，总是这样。

想起走之前我和父亲说，过去这一年有点累，想彻底放松一下。这当然是一个很好的理由。我心里知道，我并不是一个十分勤奋的人，勤奋有时也无济于事。事实上，除了固定合约，我的绝大部分工作是自行安排、毫无约束的。我深深懂得如何让自己忙里偷闲，哪怕是有无数的催促，我依然会给自己留出一点时间来，有时也会静静来上一壶茶，有时就是拍照片，拍到自己满意为止，有时什么也不做，或许也可以理解为重度拖延症。我总是更倾向于相信，持续向内的思考让人沉静与清澈。

这里的生活是昼夜分明的，阅读，交谈，冥想，散步，有时想念，随兴而写，更晚睡觉，睡足八小时，自己做饭，尝试各种不同的菜，并乐于尝试每一种果香浓郁的加州葡萄酒。天晴的时候爬到林间那些年代久远的巨石上，对着一棵棵树发出由衷的赞叹，而下雨时，只是看着窗外的巨杉在风里摇动树枝，雨点打满玻璃，窗户反射出屋里一盏盏的光，天光与灯影重叠，迷迷蒙蒙，便是足够令人沉醉的美了。

在我居住的城市里，雨季从来得不到褒奖，而在这疾风骤雨的夜里，却生出安于此刻的幸福与柔软来。这是自然的力量，也是旅人特有的感受。于我而言，休息的方式不是疯玩和痴睡，真正的休息，是不紧不慢，保持某种热情，让我们投入下一段工作或生活时依然有对美的追索和不怠的激情。

钢琴家、摄影师Ansel Adams曾说：我们带到摄影中去的是所有我们读过的书，看过的电影，听过的音乐，爱过的人。我想，不仅仅是摄影，我们的任何创作，我们的生活，以至我们眼中一切行进中的事物，都如此。

# 愿你也是，那颗星

真正的喜悦具有穿透力，从我，到你，到任何一个你想连接的人。

“无论是赏心悦目的事物，还是实实在在的东西，我们从中获取幸福的关键似乎取决于这样一个事实，那就是我们必须首先满足自己情感或心理上的一些更为重要的需求，诸如对理解、爱、宣泄和尊重的需求。”阿兰·德波顿在《旅行的艺术》中写过这样一段话。

对这段话深有同感。很多年前的台湾行，在我的记忆中只有一帧海边礁石滩的画面，而其余的经历已全然不记得，仿佛不曾去过。我想了想，大概那时我是空心人，有太多亟需厘清的东西，并不是没有心情——而是连心情是什么都不知道，不能享受旅途中的美景，对任何味觉失去体验，对周遭完全没有一丝一毫的感知力。这大概是我人生中最糟糕的时候了。

“天空的状态和我们所居住的建筑物外表决不能仅凭它们自身的力量保证让我们畅享快乐，或倍感凄然。”同一页面上，德波顿紧接着写道。

当然，任何事物无法仅仅凭借个体来引导什么结局。如果有什么可以拿来比喻，一杯茶放在面前，它不动声色，也不说话，它依然有温度，可能会散发热气，流动的空气吹散这股白色的气体，空气中会飘散出它该有的味道，这种味道是春雨一样的温润，或是，像秋天一样的醇厚。如果我们在面对这杯茶时，不是一个匮乏的人，或者至少不是一个心里充斥着诸多麻烦或烦恼的人，才能和这杯茶真正的相遇，而茶具有的自身力量，也才可能被传递。反之，它就只是一杯茶，“不能仅凭它自身的力量保证让我们畅享快乐，或倍感凄然”。

夏秋时节说起要到加州森林里住一阵，对于异国的松林，我有一种梦幻般的向往，但它并不强烈，彼时我已神游了一番松林里的星空和木屋，露台上的下午茶，可爱的邻居，以及散步时说不定能偶遇哪位好莱坞编剧。整整三个月我没有做出任何实质性的行动，直到12月31日那天突然就决定申请加急签证。拖到这样迟，有一个原因是我默认有很大可能无法通过签证，琐事也多，不如拖到最后再试；而另一个更重要的原因是我还没决定到底要不要走，尽管我在九月份就已答应了一起旅行。我是一个并不乐于做决定的人，通常会把一些决定交给某个时机，比如一年的最后一天。我想用这样一次勇敢的出走给自己一次暗示，我可以战胜软弱和焦虑，并展现决心。内心接受“怎样都是最好的安排”，依然有着平实的渴望，并尽一切可能准备详尽的面签资料。

事情总比想象的顺利很多。而顺利的不仅仅是这一件事。细数这一年，几乎所有相对重要的事都在我没有开始预想可能有的困难时就已经稀里糊涂成了。起先我还有些困惑，内心里并不认为自己可以得到这样的结果。我有很多的缺陷，有些甚至是我自己都无法忍受。事实是，我也并不真正有办法来改善这些缺陷。直到十月份我和瓜爷通了电话。那一通电话之后，我们才慢慢熟悉，并无话不谈。她是一个特别的人，我们第一次在上海见面，认出对方的第一句话是——我们曾经见过吧。她有抚慰人心的能力，后来我知道，是因为她也曾这样一路泅渡。我不知道你有没有这样的经历：你总是会特别相信某个人对你说的话，坚信不疑，并且奇迹般地有了你想要的结果。因为相信，这一切自然就来到了面前。

我决定放下修正缺点的想法，放下那些并非我所能专注的事。每个人对自己的缺点总是心知肚明，却未必能认识到或使用自己真正拥有的能量。大多数时候，我们期待认可，想要成就感，不得不做一些也许并不擅长的事，并且期望也许会有更好的一天，这样做的结果通常并不乐观，且损耗心力。于事，于人，于情，都一样。

我在想要尽力改善缺陷这件事上磨损了极大精力，突然明白，啊，原来真的改不掉，这是天生的，出生那一刻总有一些特别的印记赋予我。有缺陷，必定有被掩盖的宝藏。大概接下来，我便只要慢慢挖出这些宝藏就足够忙了。庆幸的是，我知道我的宝藏在哪里。

当一个人相信了自己，且全然放松，是一种“任何具体的事物都无法描述的喜悦”。真正的喜悦具有穿透力，从我，到你，到任何一个你想连接的人。我相信有，最好，你也相信。

加州的夜晚十二点十分。我正在这座被森林与巨石拥抱的海拔1500公尺小镇上。这里有发出香气的高大柏树，而如林间武士一般的松树树干上则到处留着上一个夏天流出的松脂块，还有不得不令人惊叹的年代久远的林间巨石。此刻，夜空深邃，月亮很圆，星星很亮。

愿你也是，那颗星。

# 生命中美妙的体验

向内观照，永不停止，向自己告诫，毫无保留、去掉矫饰、去掉任何违心的付出与不公正的获得，让这个角落平和、干净、丰美。

在山里住了半个多月，每天的生活极其闲散，全凭自觉。放下了往常生活中的庸碌与牵挂，当然，总还是有所牵挂的。还从来没有过这样的体验。我出生在富春江畔的小山村，那里有茶田与小径，有山风与溪流，我可以随时走进其间，感受到惬意与安宁，但却没有过此时这样的感受——彻底的宁静，彻底的放松，彻底的相信，并且彻底的谦卑——我还很不习惯用“彻底”这样的词。

这里足够远。够远的地理距离使得我有一种出离感。这种出离感即是哪怕有了任何陡然发生的状况我都接受。

我何曾变得这样从容了？又何曾变得这样宽容了？何曾变得对不够好的境地不再试图挽回或控制了？何曾内心留有一丁点骄傲都觉得对自己无益了？何曾每时每刻认为自然万物无论大小都值得敬畏了？……

山居生活给了我很多的启示。这种启示是它传递给我的，而非由我索求得来。这是很特别的体验。

在这里，自然与我是交融的。除了自然界的声音，风雨声、树梢摇动时的摩挲声、松鼠与啄木鸟的叫声，几乎听不到其他声音，哪怕森林里不同的位置都住着邻居，也未见其踪影。仅有偶然的机会，可以看到有人经过门前的小径沿着河流往山的那一边走去。这是登山的必经之路，在山的那边，是登山爱好者的攀岩圣地。

我会在午后循着山路往山顶走一走。只有午后适合上山，山上有积雪与坚硬的冰，早晚都非常冷，冷得凛冽且利落。山上到处是巨石错落堆叠，厚重的青苔一大片一大片铺在石头上，形态各异，绒密茂盛。挑一块有阳光照着的地方坐下来，不用在这样的时候看书，只要静静地坐着就足够好。在我家的茶园里，我也会挑一个好位置这样坐着，观察它，聆听它。对我来说，我与自然的亲密关系甚至能追寻到童年时期，也许这也注定了我与这世界是要通过连接自然、连接土地来完成我的使命。

我总是爱往人少的地方去。哦，我并不是个孤立的人，我可以在人群中顺畅自如地交流，我会照顾他人的情绪，一切都可以很舒适很周到（我并不对这样的状态感到别扭，这样也很好，人们总是需要一些互动的，首先承认自己是一个生活中的人，有必要的社会联结，而非仅仅是高级动物。）我只是不由自主地，会往宽广的地方去。从堂前到院子，从茶山到森林，从乡间到城市，从麦田到旷野，从一个人到另一个人，似乎人生中的脚步从未停止过对更宽广世界的追寻。

这宽广世界有时是通过现实层面来完成的，而大多数时候，这种追寻是向内的，且随着年龄增长而愈加懂得向内求。我没有因此而有什么巨大的改变，也没有变得更强大，相反的，内心里有一处角落，越发变得坚定和柔软了起来。它就像我自己，需要被滋养，被回应，被真切地爱。三十多岁的人这样毫无保留表达心境也不再忸怩了，是啊，有什么好忸怩的。这一处角落如果长得好，它是真正的得到自由意志而生长，能给予我的力量也更多。我与它是彼此需要彼此共生的。如果非要有一个定义，它是一种无形的内心的力量，它就是我自己。

坐在大石块上的时候，阳光正好照到脸庞，风拂过发丝——多么熟悉的词句。就是这样，它真实发生，需要我当下真切感受它。我轻轻抓了抓脸，一会儿拖着腮帮，然后整个人躺了下来。我闭上眼睛，听见树叶从石头的一边被风移到了别处，松针掉了下来，松果砸在了脑袋旁，鸟飞过天空，松鼠旁若无人地寻找果实，这里的树都足够粗壮，树梢搅动起来，嗦嗦嗦，树干却依然镇定。我听见自己匀速的呼吸，缓慢的心跳，慢慢感受到背部发凉，躺着的这块大石头也许还有前几天雨雪后未消的寒意。

我又站了起来，朝更高处走去。远处雪山映照了澄澈的天空，我甚至能触摸到风吹过的痕迹，再夸张一些的话，我成了风一样自由。这样的时候，心是不动的，它却获得了细致入微的明净的洞察。突然想起朋友和我说的那句“吾善养我浩然之气”，起先我还不太明白，这一刻我真切体会到了这种“养”。所谓浩然之气，大抵就是一股看不见的力量，但我们可以感觉到它的存在，它是我们内心里的那一方天地，是我珍视的角落——只有这个角落是完完全全真正属于自己的。

如果你有这样的体验，你会知道这股看不见的力量得以滋养我们的人生。而这股力量的养成很多时候需要靠高质量的独处来实现。独处的时候，我们无所顾忌，也放下了顾忌，没有别人，只面对自己，往内心深处看去。人若在独处时对自己不够忠诚，那些生命中你想要的珍贵愿望大概是很难实现吧。

向内观照，永不停止，向自己告诫，毫无保留、去掉矫饰、去掉任何违心的付出与不公正的获得，让这个角落平和、干净、丰美。这种我与内心之间的关系是无限的流动与滋养。它让我们看到更多的美，也让我们更单纯，更有力量。

我们需要独处，让自己更清明平和，也需要知己，让生命追寻更温暖。重要的是，我们通过与自己、与知己的连结逐渐获得自在放松的力量，这是生命中美妙的体验。

转眼春天会来，请活得漂亮，闪耀在内心。

# 我想好好过生活

那一刻，有一种想把日子过好的欲望，把平常日子过好，能安享平淡又懂得热烈，才能和这些有情人一起做更多有意义的事。

我现在的住处在杭州西郊一个植物茂盛的住宅区，有一个很美的湖，我常去湖边散步，有时也会跑上两圈。散步的时候，最爱去的一处地方，是临湖的木平台，岸边的长叶茅草疯长，香樟树恰到好处地种在一旁，从下行的台阶到湖边的木平台，洒满了透过树木投射下斑驳晃动的光影。我看过湖水在一年里不同的样子，春的萌动，夏的明亮，秋的澄澈，冬的寂静。我会盘腿坐在这里，长久地凝视着湖面，或闭上眼睛让阳光照耀脸庞，让风轻轻吹过我。那该是一天中最惬意的时刻了。并不常有这样悠闲的时刻，但只要出了门，就想去坐坐。

到了这个季节，日照越来越充沛，植物攒了一整个冬季的力气，仿佛是一夜之间长开的。明明昨天还是早春的凋敝，一出门，满院的植物都绿得遮了天。走在小区里，空气中到处是果木的芳香。香樟树的叶子散发出独特的酸香味，随风而动的茅草也吹来熟悉的青草气息。湖岸有大片的蔷薇，在春日的傍晚，在风里，是淡淡的甜香带着一丝青涩，既令人沉醉又让人充满渴望。这是属于自然的奥秘。

每年的这个时节，我们收获各种自然的芳香，藏于鼻息之间，好在长长的一年里，都能想起这春天的醉人来。法国作家普鲁斯特在小说《追忆似水年华》中说过，气味比任何东西都更能勾起人们的回忆。他每次闻到玛德琳那饼干泡茶的味道就会无法自拔地陷入童年往事的回忆之中。而我们经历一年又一年的春日芬芳，哪怕闭上眼睛，塞住耳朵，都能仅凭记忆就让熟悉的果木气息重现于此刻，让春天这样短暂而丰盛的美能住在心里。这大概是人特有的能力，你看，想要寻常生活里多一点点滋味，我们有的是办法。如果我们熟悉运用这样的方法，生活就能拥有更多的乐趣。

暮春的某个傍晚，我看见黄色鸢尾在湖边一丛丛野蛮生长，在昏黄的湖面与水草的倒影之间显得格外耀眼。不过是一朵花，也要开得那样用力。这个画面让我想起多年前接的VI设计案子，那位客人十分地喜欢鸢尾花，我记得她说喜欢梵高的画，要浓烈的明黄，要怒放的美，也要精致的造型。十二年过去了，她依然像宝贝一样沿用那一朵专为她绘制的黄底紫色鸢尾花。而我的脑中也能清晰地映现出这朵鸢尾，只要想起这朵花，就能回想起我们第一次见面的那个午后，空气里全是植物的气味，有人迎面向我伸出手来，说，啊，你来了。

不论经过多少季节的更迭，万物总是兀自生长，不管不顾，以各自最美的样子绽放。如果你曾仔细观察过这些花草，在这些看似微小平常的生命跟前，人也会谦卑起来，会被这种生命次第开放、凋零又重生的力量所折服。一朵花所蕴藏的丰富哲学远非我能诠释，除了尽情享受这份自然的馈赠，别无他法。自然于我，是没有言语的给予和接纳。

每一次来到自然之中，更像是一段日常之中的短暂旅程。而旅程与旅人总是充满各种可能性。他们远离熟悉的一切，不用以旧有的身份来适应新环境，保持好奇心，并且，对周遭更包容。因为这种包容，也就能发现更多平日里无法看见的美。从固定的地方走出去，去看看流动的世界，从现实的泥沼中拔出腿来，短暂也好，然后再回到属于你的生活，继续陷入泥沼，或一点一点把日子过好，总有一些变化会发生。

这正是日常之中我们从这个世界里能探寻到的力量。它们如此

简单，却又常看常新。

曾读过一段话，“人生重要的两件事。一件事在这个世界有所创造、分享、布施、给予。而另一件，则是充分而深刻、温柔而丰盛地爱过、被爱过。”

下午的时候，听女朋友们围坐一起谈论五月的公益晚会，每一个人都那样认真又生动。那一刻，有一种想把日子过好的欲望，把平常日子过好，能安享平淡又懂得热烈，才能和这些有情人一起做更多有意义的事，创造一些能称为价值的东西。而此刻，晚风裹着蔷薇花香吹过整个身体，静谧的夜没有人打搅，有某种深刻、温柔、丰盛的东西流过我，它如此细微而不易察觉。比任何时刻更想和你说，这真是一个春风沉醉的夜晚。

# 你最珍贵

我寻找的，是一个美丽的敌人。

有人曾问我，人生中有哪些是你觉得幸运的事呢？

很多年前刚开淘宝店时我在首页写下这样一段话：找一份喜欢的工作去赚钱，找一个向往的地方去生活，找一个爱的人用心去爱，这将是一个长期、艰巨、琐碎、意义重大、令人快乐的事业。

看起来我很幸运。有一份自己喜爱的工作可以养活自己；有曾深爱的人共同走过一段美好的岁月；有几个知心老友，闲聊时尽兴，有事时义不容辞，能在任何时候找到他们，他们也会给予我及时的无私的帮助。事实上，如果要说幸运，是我能拥有珍贵的朋友，他们在不同的时间出现，未必时刻陪伴，我们像一座森林里的植物那样，各自缓慢、茁壮且默契地成长，有时候我会有一种“这人生怎么能这样好”的感叹。

我是一个情感细腻的人，除了必要的独处以外，也乐意与谈得来的朋友聊天，对我来说这是一件很重要的事。想念时彼此倾诉，见面时无话不说，有时我们并不说话，也不觉尴尬，彼此之间的感应是一种愉悦的享受。而说到这些珍贵的朋友，真是值得尽情赞美。

读书时的同窗友谊保留至今的不多，还能真正说上话的也很少，各自在不同的城市工作生活，几无交集，除了偶尔彼此之间的问候，更像是旧时故交，不算牵挂，心里想起旧事时都是质朴而温暖的，这是高中时代的友情。

大学时代，宿舍里几位同学都各有脾性，也都有闪光之处，彼此之间有时会暗暗较劲，但相处却还算乐呵。我记得我和况小狼会互换衣服穿，我喜欢她的卫衣，她正好喜欢我的衬衫，我们在课上传纸条写打油诗，也会在心里狠狠赞美她的文章，尽管从不在嘴上说。毕业后她留在南京，我回了杭州，彼此之间的感情却慢慢浓了起来，心里很遗憾当年为什么要这样相互较劲故意疏远。如今我才知道，那其实是另一种欣赏，另一种对这份超越了友情的情感的克制，当时大概不懂吧，就觉得，啊呀，这个人怎么这么厉害，好像她身上有一些我渴望具有的东西，有时又像看见了另一个自己。

如今，我们各自创业，做的也同是生活美学，她的那些才情彻底在这件事上展现了出来，说心里话我是心生佩服又心有羞愧的，虽然她才开始做，却十分的勤奋，也十分的拿手，我知道她会做得很好，正如她曾说的那样：只要我真的想做，就一定能做好。说这句话是很多年前的事了，那时我们二十多岁，什么梦不敢做啊。但我知道，她就是可以做到，不论何时。有时我会想，大概真正的友情，会有一种棋逢对手的感觉吧。

“老的树最好烧，老的马最好骑，老的书最好读，老的酒最好喝，老的朋友最可信赖。”如今看啊，相处十年以上的朋友正是当年曾对我有深刻影响的人。我为此庆幸，能在那样的年华遇见这些对的人，又走到了今天。

我的第一个独立设计项目的客户是西宁姑娘燕子，她对所有以前的方案都不满意，又无法明确说出到底要什么，我也不知哪来的勇气，在听完她一番话后和她说，你放心，我会给你惊喜。说来也奇怪，我是一个对审美特别敏感的人，有时我无法亲自创作出来，但就是可以捕捉并表达出这种感受，那次方案很美，就像燕子那样美。后来她对我说，作为设计师，你要做出更好的作品，就要走出去，去更广阔的世界，去西北，去青海，那是我的家乡，那种天高云阔啊，你去呼吸那里的空气，去感受那种大美，你一定会有收获。那年我二十三岁，还不明白这其中真正的含义。

多年后我的第一次真正意义上的远行就选择了青海。是的，这的确改变了我对旅行的看法，看到了自己的限制与渺小，更看到了广袤开阔的世界，在我认知之外的超越了平面想象的纯净世界。燕子是一个很特别的姑娘，也是我走进社会的第一个朋友，我爱她天性里那股极致的不羁，也爱那种毁灭性的美。她有一颗钻石般透亮的心，善于发现人的闪光点，她给予我很多真诚的赞美和默默的关心，却会在自己最消沉的时候躲起来。我珍贵的朋友啊，总能为你打开一个新的世界，并让你有勇气去探索新的世界。

巧合的是，第一次去青海的旅伴舒翼，正是我的第三个客户，也是缘于燕子才认识。说起我们最初的相识，她真是美啊，她是新安江人，我是富春江人，共饮一江水呐，说话间就有了亲切，她的声音很好听，说话很轻柔，眼神里有一种很难见到的柔美。说起来舒翼是我认识至今几乎从未间断过联系的老友了。我们一起去过很多地方，因为住的近，常常秉烛夜谈诗酒年华，为彼此的妙语如珠击掌，也会相互斗嘴笑得直不起腰来。她独自带大女儿，从五岁到十七岁，一个女人最美的岁月给了孩子，也将宽厚仁慈的爱给了孩子且毫无怨言。我见证了她种种的辛苦与磨难，见证了一位母亲能有的柔软与刚毅，也见证了她事业的发展与情感的起伏。

同样，她也见证了我这十二年的变化，就像一位姐姐，一位老师，一位母亲那样，给予我很多的爱与恒久忍耐。她从不指责任何人，她就有这样柔软的力量可以等你觉醒，并总是做好了迎接你的准备。我从她身上看到了女性的至柔至美，也看到了那份足以让人爱慕的洒脱，她是我所遇中无限接近自由的人。她说，知己之间最重要的，是在需要的时候接得住。舒翼于我而言，更多时候是我的人生导师，不用怕，在每一个转弯处，她总在那里。此外，她让我懂得欣赏更多面的美，在不同时节感受季节的细微变化，对万事万物中最为平常的美投以仁慈的目光，对细节之讲究，对大事之果断，对人生之美的追寻，很大程度上延伸了“美”于我的意义。

这些年不断认识新的人，进入新的关系，但我始终是我，固执、害羞、敏感，又有一股乐观与率真，好像特别容易交到朋友，但真正在经历时间之后能沉淀下来的极少，能在深夜想起她就可以打电话的，更是少之又少了，而孙琳是个特例。每次我们都为当年是如何认识感到很好笑——十二年前我在某个论坛看她和别人骂战岂止是拍手称快，这是我第一次主动说“我们交个朋友吧”。就这样，她从北京飞来杭州看我好几次，之后我们在青岛又见面。每一次我们都会有不同的话题，且聊得越来越深。她用一篇小说打动了老板进了公司做文案，又从策划到副总，后又赴命独自一人在青岛招人创立分公司，她的提案总是令人叫绝，唯独不爱生意场的社交。为了能让公司能在青岛站住脚，她和客户大碗喝酒，从不说违心的话，有时还吵架——她真是一个不到绝境不会发怒的人。机会总是眷顾真诚的人，分公司事业做得风生水起。

她是那样一个人，随时随地都是她自己，与事物保持距离，像一只猫，冷静、客观、洞察一切。她有一种别人没有的无畏，虽然她也有过迷茫，但她依然是她，对朋友两肋插刀，对亲人情深意重。我知道是什么吸引了我——哪怕陷入绝望，依然要想办法突出重围，走上那条通向理想的路。真的朋友，该是这样的彼此映照，哪怕远在天涯，也能互为铠甲。

因为曾创业过，总有人会问你最大的收获是什么。我没有什么成功的经验可以分享，但我有比失败更值得欣慰的收获，就是攒了一二知己，而密密就是那个不可多得的人。我都忘了第一次见她是长什么样了，戴着黑框眼镜，小个儿，很利落，我记得那是六年前的一个冬夜，从那一天起，我们之间便有了日渐浓厚的情义。我们一同分享了这六年来的生活经历，只要我有什么事，她似乎都能感应到。这一点我总是羞愧难当。我好像更自私一些，更关注自我的感受，至于朋友，我们像是有什么约定似的，平常也并不多有来往，各自忙碌，各自生活，但只要有需要一定会彼此商量互助。她是天生行动派，什么事只要和她说起必定挂在心上办得细致妥帖，有时我们会激动的非见面不可，直奔主题把要说的话说完就各自回家。

某夜我喝多了回酒店哇哇大哭，那天我们一起住，我问密密，你有没有这样难过的时候啊？她说没有呢。我又问，那你有没有这样哭过啊？她说没有哎。我趴在浴缸上哭着说那你真的好惨啊！她任由我哭，轻轻拍我的背，摸摸我的头，“我懂，我懂。”那天她一直等到听见我匀速的呼吸确认我已睡得沉了才安心睡去，一边是我这个大孩子，一边是她的三岁小茶。这份情义更像是生活中的一件件小事串连起来的绵密，贴心温暖，我们彼此信赖，并深深相信会有一件事可以让我们相伴到老。就像很多年前她写的那样：一起分享甜的消息，咸的人事。

朋友们的情义总是说不完，每过一秒，新的交流在发生，新的滋养在流动。我向来以极其缓慢的速度认识新的朋友，但我珍视每一段关系，感谢每一个走进我生命的知己，也愿意对一段彼此欣赏的新的关系保持真诚与信守。爱默生在他的《论友谊》中写道：“在朋友身上我寻找的不是盲目的让步，对我千依百顺的人。我寻找的是一个美丽的敌人，能挑战我、督促我、帮助我寻求真相。”在时间的长河里，在广袤的世界中，有这样的朋友，人生何惧？

你最珍贵。谢谢你。

**图书在版编目（CIP）数据**

我能做的，是为你泡杯茶 / 桃二著. -- 北京 : 北京时代华文书局, 2017.4
ISBN 978-7-5699-1417-7

Ⅰ. ①我… Ⅱ. ①桃… Ⅲ. ①随笔－作品集－中国－当代 Ⅳ. ① I267.1

中国版本图书馆 CIP 数据核字 (2017) 第 038480 号

**我能做的，是为你泡杯茶**

WO NENG ZUO DE SHI WEI NI PAO BEI CHA

著　　者 | 桃　二

图书策划：陈丽杰　李凤琴
责任编辑：陈丽杰　李凤琴
责任印制：刘　银　范玉洁
装帧设计：龙　梅　程　慧
团购热线：010-64269013

出版发行 | 北京时代华文书局 http://www.bjsdsj.com.cn
北京市东城区安定门外大街 136 号皇城国际大厦 A 座 8 楼
邮编：100011　电话：010-64267955　64267677
印　　刷 | 北京卡乐富印刷有限公司　010-60200572
（如发现印装质量问题，请与印刷厂联系调换）
开　　本 | 880mm×1230mm　1/32　印　　张 | 7.5　字　　数 | 135 千字
版　　次 | 2017 年 4 月第 1 版　印　　次 | 2017 年 4 月第 1 次印刷
书　　号 | ISBN 978-7-5699-1417-7
定　　价 | 39.80 元

我能做的，是为你泡杯茶